相随诗集

齐昌宽 齐韶花 著

浙江工商大学出版社

图书在版编目(CIP)数据

相随诗集 / 齐昌宽，齐韶花著. —杭州 ：浙江工商大学出版社，2017.2
ISBN 978-7-5178-2052-9

Ⅰ. ①相… Ⅱ. ①齐… ②齐… Ⅲ. ①诗词—作品集—中国—当代 Ⅳ. ①I227

中国版本图书馆 CIP 数据核字(2017)第 011389 号

相随诗集
齐昌宽 齐韶花 著

责任编辑 沈 婀
封面设计 叶泽雯
责任印制 包建辉
责任校对 何小玲
出版发行 浙江工商大学出版社
(杭州市教工路 198 号 邮政编码 310012)
(E-mail：zjgsupress@163.com)
(网址：http://www.zjgsupress.com)
电话：0571－88904980，88831806(传真)
排 版 杭州朝曦图文设计有限公司
印 刷 浙江云广印业股份有限公司
开 本 889mm×1194mm 1/32
印 张 9.875
字 数 126 千
版 印 次 2017 年 2 月第 1 版 2017 年 2 月第 1 次印刷
书 号 ISBN 978-7-5178-2052-9
定 价 35.00 元

浙江工商大学出版社营销部邮购电话 0571-88804970

序

形影相随——父亲与我

父亲之外，家有六齐，我是其中最小的那个。

清晰地记得，那时还没有结婚的姚乐平先生这样形容我："你是你父亲的小尾巴。"这话让我印象深刻，以至于后来念到诸如"只要我的爱人，是一条小鱼，在我的怀里，快乐地游来游去"这样的爱情诗句时，我都会痴想一小会儿：想我在父亲怀里，大着胆子拉鞭炮的情形；想湿冷的江南冬日，父亲如何用他的大手，使劲摩挲我小手的情形；想父亲身上温暖好闻的烟草味；想父亲常常扎人的络腮胡子；想过年的时候，父亲如何用他硕大无比的永久牌自行车，载着我，走过结冰的溪滩、湖面，到下王村他外婆家走亲访友的情形;想吊扇嗡嗡的办公室里,我扎在人堆里,兴致勃勃地看父亲与他的男同事们,为一棋半子而面红耳赤;想自己阅读父亲新鲜买到的《西游记》时,芙蓉花如何开得正旺;想街头小学嘎嘎作响的木结构楼房里,在年轻老师若有若无的《小凤仙》的琴声歌声里,我拽着父亲的衣角,静静地走过碧绿如盖的梧桐树,走过芳香四溢的老冬青,走过花坛边墨绿的滴水草和孩子们偷偷种下的指甲红、青蓖麻,走过后园里总也割不完的苋菜、自己总也种不大的西瓜和三棵春天里开满白花的梨树,走过老师们时而幽默风趣时而打情骂俏的食堂琴房,走过了青春期前我的整个童年。

所以有一天,当我读到佛祖亲子 Ruhala 对其父情不自禁地表白"Lord, even your shadow is pleasing to me"(译:主啊,即便是您的影子,也是那么愉悦着我)时,我立刻感同身受。我想,你应该已经知晓,那个成天黏着父亲的齐家小蛮,是多么快乐自在!

多年之后的一次闲谈,父亲忽然有所不甘:"那是你第一次出门,我送你到杭州,火车开动时,我心里难过不已，你却不为所动。”父亲说的是我第一次乘火车去北方上大学时的情景。此前的叙述中，父亲总是一遍又一遍地描述着我的勇敢：第一次离开父母；第一次出远门；长途汽车过绍兴市区的时候，还吐了个前仰后翻；等等。要知道，正是从这一次开始，曾经与父亲形影不离的我，开始了与父亲一遍又一遍的道别。但父亲错了，即便是最初的那一次，女儿怎会无动于衷？

父亲有所不知：当火车启动，当父亲朝我缓缓挥手的那一刻，车窗后的自己，猝不及防地泪流满面。父亲更加不知的是：在后来的每一次告别中，每一次当父亲朝我缓缓挥手的那一刻，我都毫无例外地泪流满面。只不过，一次比一次泪流的时间长。

记得外婆曾说：从小，当我高烧不止，不安或啼哭时，她只要抱我到村口的路廊，对着村口的大马路，一遍一遍地呢喃，呢喃父亲来接我的消息，我就会慢慢地停止哭泣，安稳睡去。外婆言下的“从小”，早在我成为父亲小尾巴之前的岁月。七岁前的我，离开父母，由外婆抚养。我模模糊糊地记得，我确曾趴在外婆的肩头，双眼巴巴地对着尘土飞扬的马路。所以，父亲有所不知：原来小小的我，早有了“望尽天涯路”的忧伤，而天涯的那一头，最初站着的，就是我亲爱的父亲。

回想起来，父亲的每一次回望，都让我心动。而在后来愈行愈远的旅程中，我也始终并没有真正停止过，捕捉和迎合父母的视线。

但父亲的不甘，却也是有理由的，就像那次最初的告别，父亲也并没有全部冤枉我：车到上海时，上海站的一位老奶奶，已将她去北京上大学的孙子，郑重地托付给了我，可见我早已笑逐颜开、心无芥蒂。事实上，进入青春期后的很长一段时间里，我一直没有停止过对父亲的对抗甚至忤逆。似乎一夜之间，我从父亲温暖的膝盖爬下，开始了对父亲毫不留情地批判与反叛。而横亘在少子与老父之间的悬殊年龄，让我俩的关系雪上加霜。父亲因此常常暴跳如雷，泪奔不止。而我，则日夜思量着，如何远离父母，远离“暴政”，去寻找属于自己的自由。

命运就这样让那个剑拔弩张的少年离开了家门，从此越走越远。此后的很长时间里，父亲柔软的视线似乎再也无法触及我，而家里的通讯录上，则挤满了我的电话、地址。

后来我结了婚，先生是位温柔、善良、单纯，但不会中文的德籍学者，他最大的特点就是：愿意天天让我黏着。尽管如此，婚后的头三年里，我也没少犯脾气。来德国看望我们的父亲，有一次近距离地看着我如何暴跳如雷，又如何泪奔不止。他一声不吭地走过来，默默地拉起我先生的手，默默地交到我的手里，又一声不吭地回到他的座位。我当下涕泪泗横，顷刻间满脑子都是父亲与我多年未待细说的情感与委屈。

博士毕业后，已随性成癖的我二话没说与先生回了杭州。同年在家过年，父亲对我说：之前他梦见友人在梦中问他，他家小女儿到底在德国做些什么，梦中的他支支吾吾不知如何作答；如今我回国了，他才放心，才知道该怎样告诉大家。说完这话，父亲还温柔地摸了摸我的头。忍不住又开始鼻子酸酸的自己这才知道，从没对我做过回家要求的父亲，原来有过许多我不曾了解的担心与忧虑。

恰恰从这一刻开始，我领悟到，自己的父亲，已经年迈。如果诗与少年可以留住时光，我愿意是那一个从天涯那端折回的少年，带着璎珞，与他一起，静静地填满诗格。

七岁回到父母身边后，我很快注意到，那个最愉悦、最自在、最慈爱的父亲，总是出现在他阅读诗句时。我既对这样的氛围着迷，自然很快就被吸引。

所以，第一个牵引我进入写意的诗歌境界的，是父亲。

我清楚地记得，父亲第一次为我吟咏的诗歌，是《唐诗三百首》里的《金缕衣》：

劝君莫惜金缕衣，劝君惜取少年时。

花开堪折直须折，莫待无花空折枝。

从此，在父亲的引导下，我由诗歌出发，很快就喜欢上了中国文学，尤其是古典文学。父亲不但吟诵诗词曲折有致，讲起故事来也非常有感染力。我至今记得，他如何手舞足蹈地为我演绎，百里奚妻子唱着五张羊皮之歌，与百里奚堂上相认的传奇。细细回味之下，父亲盛年时候好多不被母亲看好的陋习，全被三十五岁后的我所承袭：没事好翻个字典，藏一堆看不完的书，大把时间尽交给了静美的韵书格律，有意无意爱逛个古董小摊，爱看名人字画，倔强得可以不食人间烟火。

还是在一次闲谈中，父亲不无遗憾地表示：他年轻时候经常反复做着的一个梦，近来几乎绝迹，而在这个梦里，他经常被人追赶。我并没有追问父亲在梦中的感觉，那是因为，我知道那是美好的；那是因为，我自己也反复地做过同样的梦：梦中的我，每被追赶至绝境，每能机智无比地脱险。我不管冷静的西方心理学家做何解释，我只知道，那感觉，很可以比拟春风得意时候的王荆公；而不得不对父亲隐瞒的是：在我的梦里，那个追赶我的人，曾不止一次地出现过父亲的形象。

我喜欢诗，喜欢吟诗作诗时的父亲，因为我知道，那是放松的、愉悦的与自我的。近两年父亲因为听力的衰退，变得越来越沉默。但是，好在有诗，好在有创作，所以，这本集子，对父亲而言，仿佛一轮明月，陪伴和照亮了父亲孤独的行脚；对儿女而言，则如一潭泓水，让我们有幸一窥静穆的湖面下父亲绚丽的内心世界。

《相随诗集》共选了父亲的诗 497 首，齐家老六的诗词 55 首。诗词除特别注明外，皆以中华新韵为韵，以王力的《诗词格律》为格律(包括拗救规则)与词谱。

这本诗集的编纂，承载着母亲、兄姐的嘱托，浸透了齐家六子及其家人的协力。希望《相随诗集》的出版，能传达我们与父母相随与共的心意，能慰藉和温暖我们亲爱的，诗人的父亲。

小女　韶花 敬序

2016 年 7 月 5 日星期二于杭州

目　录

老齐诗集

卷　一

【相随诗集】

小齐诗集

古体诗

今体诗

绝　句

老乔诗集

卷　一

石梁观瀑二首

【一】

石梁飞瀑一声吼，
吓走辛酸欢乐留。
天上银河水流尽，
牛郎织女有何求。

【二】

石梁飞架俩山头，
夜月茫茫见寺楼。
桥上淙淙桥下吼，
粉身碎骨不回眸。

竹

小楼北侧竹风光，
枝叶飞天不化妆。
每到早霞风送月，
一头露水倚纱窗。

杏　花

十里杏花映小楼，
柳丝带雨有何愁！
东风吹动斜枝瘦，
少女归来花满头。

望黄龙

飞龙吐翠带来风，
宿雨南山雾水中。
鸟过竹林穿碧树，
人头攒动望黄龙。

三月桃花

红光出海送天星，
雾走山青百鸟鸣。
三月桃花红脸笑，
千言万语话清明。

观　月

半生月下干活佬，
未睹嫦娥秀丽容。
今日老来无事做，
偷看羞月上山东。

田园风光

蛙声续续绿苗来，
山水淙淙田里回。
门外石榴红且美，
南瓜花上古墙开。

八月芙蓉

八月芙蓉顶上开，
迎风招展引人来。
百花春闹她无影，
秋色增辉花上台。

望天台

叮当作响始丰溪，
白鹭一行飞向西。
处处桥头车有序，
四周山色古城低。

看牡丹

牡丹花展在今春，
碧水青山塔后村。
你去我来都是客，
开门尽见看花人。

中秋观月

年年赏月月何羞，
岁岁中秋秋不休。
不管桂花香内外，
但求皓月永长留。

蜜　蜂

油菜花中一“特工”，
悄悄采蜜又嗡嗡。
万千花蜜蜂吸尽，
蜜送客人蜂不吭。

落叶情[1]

历尽艰辛委地行，
西风落叶有时鸣。
此时此景谁人问，
忘却当年翠叶情。

水乡扫墓

一弯一道咿哑叫，
明月一船水上摇。
今日清明坟地去，
茔头许愿纸钱烧。

① 落叶情：以实写景，另无他意。

枯　荷

枯黄荷叶水中栖，
吹动春风也未知。
争艳百花一时闹，
荷根沉睡正当时。

柳浪闻莺

柳浪依然莺不见，
青青野草向蓝天。
忽闻天帝八仙①遣，
醉酒清风坐水边。

① 八仙：指游客。

赤城山九首

【一】

赤土红岩垒上山，
山头妃塔挂云间。
洞天谷地山花笑，
绿树新枝古寺闲。

【二】

西风迎面叶飘零，
一路松针铺进亭。
步入紫云如醉梦，
蜡梅报讯鸟知情。

【三】

步入西塘望赤城，
一弯出鞘雾山崩。
塔浮寺动满山梦，
日上东山才见僧。

【四】

绿染山林点点红，
白云妃塔上天空。
近闻泉水淙淙响，
远见苍松在雾中。

【五】

山城风采不平凡，
赤土红岩翠绿间。
夜半山头秋月里，
洞天表里更斑斓。

【六】

车到始丰莫过溪，
赤城山下野鸡啼。
天然生物园林里，
游客绵绵似上梯。

【七】

重峦叠嶂上蓝天，
十六洞天云与烟。
岩赤墙黄修道院，
游人隐现半山边。

【八】

小麦丘丘山上升，
东山又转踏歌声。
游人似觉清香味，
一路鸣禽过赤城。

【九】

春风吹到赤城涯，
二月山头便见花。
黑土红岩松竹绿，
冻雷催笋长新芽。

梅七首

【一】

小楼筑月月发光，
影落梅花满地霜。
细雨催花花不落，
清香吹遍小山庄。

【二】

寒梅九秩尚香醇，
不怕风霜雨雪云。
但等花开红一处，
留得香气动乾坤。

【三】

落瓣梅花斜日时，
红姿影落小天池。
今朝玉骨无端下，
细雨东风心也知。

【四】

紫云洞里蜡梅开，
不管多寒等叶来。
耗尽清香无后悔，
内心感谢主人栽。

【五】

朵朵梅花枝半香，
竹篱茅舍也吉祥。
皑皑白雪锁春意，
梅吐容光告老乡。

【六】

冰雪院中苞放开，
自由自在向阳台。
不求桃李漫天醉，
只作新春报喜来。

【七】

枯草堆中第一芽，
数天不见长千家。
东风难解人间绿，
何想蜡梅笑雪花。

始丰溪十一首

【一】

站在六桥看始丰，
飞龙入海向东风。
六七白鹭翩跹舞，
五九游鱼碧水耕。

【二】

天高日上赤城低，
柳绿桃红掩两堤。
万籁歌声风动水，
游人围住始丰溪。

【三】

梅子未黄天又晴，
一时心动过溪行。
绿荫沙道农时路，
水鸟吱吱穿碧亭。

【四】

天台山断始丰开，
绿水向东头不回。
三月桃花歌柳翠，
碧波荡漾竹排来。

【五】

流水始丰头不还，
溪边人语夕阳间。
青山欲布包抄计，
留住乡村水入湾。

【六】

夕阳映照始丰溪，
水里半红半绿体。
两岸歌声留不住，
一群白鹭上城西。

【七】

始丰流水夕阳华，
细雨蒙蒙见彩霞。
两岸山花开不败，
四周杨柳御风斜。

【八】

山里始丰绿泛红，
乡村隐在雾烟中。
淙淙流水弦难静，
不是琴声也是箜。

【九】

山清水秀始丰溪，
油菜花开黄到西。
夜半桥头明月里，
村东碧树鸟儿栖。

【十】

葵花四月向阳开，
一片金黄引客来。
杨柳多情留不住，
百花粉墨又登台。

【十一】

春月梅开竹子修，
东湖风静水悠悠。
琴声催上山头月，
流水始丰烟半收。

北山风光

北山山上狗牛天①，
碧草青松雾海边。
青鸟飞来花吐艳，
漫天蝴蝶舞蹁跹。

牵牛花

牵牛攀附上楼台，
盛气凌人谁不呆。
多少子孙相类似，
主心无骨显神威。

① 狗牛：生长于天台县的一种小黄牛。

高明鸟

登上塔头流汗痕，
高明无处不销魂。
山清水秀深山鸟，
歌在枝头不入门。

赏　花

红头绿叶一枝开，
羞涩花儿少女腮。
醉梦桃花源里待，
天亮到黑不说回。

栀　花

适逢盛夏暖洋洋，
恰有栀花朵朵扬。
粉饰红黄它不肯，
晶莹玉白尽芳香。

大雷山风光

我上大雷山上走，
黄花茅草显风流。
迎风起舞身姿秀，
月里嫦娥也感羞。

山村见闻七首

【一】

盛夏溪滩满地瓜，
秋来红叶胜山花。
金红柿子枝头挂，
多少游人多少夸。

【二】

三间小屋一车呆，
远见牛羊自己还。
犬走鸡栖门不闭，
夕阳西下月光来。

【三】

蜡梅含笑路边开，
翠鸟吱吱飞过来。
一犬汪汪迎客吠，
二猫虎虎上楼台。

【四】

一家菜地养盆花，
西下夕阳枝影斜。
学子童声田野洒，
乡村老爸在锄瓜。

【五】

徐家住在始丰东，
每每桃花杂巷中。
一早牛羊山路走，
朱冈①惊现映山红。

【六】

流水小桥一径斜，
院边地里尽桃花。
沿溪多是垂杨柳，
飞絮漫天锁住家。

---

① 朱冈：石矿徐村后山冈。

【七】

三株樟树数间屋，
一辆轿车五谷护。
月上东山风送爽，
合家围坐话包庐①。

秋十五首

【一】

五峰山上我闲游，
天上飘来一叶秋。
惊问西风何苦促，
红枫频落满山丘。

---

① 包庐：即玉米。

【二】

草黄叶落北风紧，
长夜虫声不肯停。
秋雨绵延何不断，
书声贯耳溢楼亭。

【三】

西风飒飒日相催，
黄叶飘飘下绿台。
可恨秋霜知叶损，
假装赧色候它来。

【四】

细雨绵绵风瑟瑟，
橘红叶落已秋时。
桂花送走虫声夜，
彩蝶低飞日满枝。

【五】

秋风落叶悄无声，
雨打秋虫长夜吭。
春夏秋冬多胜境，
怎知气爽唯秋能。

【六】

楼台无意望天空，
一阵清凉一扇风。
窗外飞萤何点点，
亭边红叶月明中。

【七】

秋风细雨本安宁，
红叶蹁跹进小亭。
有意为民铺一景，
人间物理也多情。

【八】

适逢九月秋风起，
红叶满山云在飞。
山鸟归林初入夜，
又迎明月上天台。

【九】

芦花似雪一头抬，
枫叶红红桥下飞。
细雨多情云月夜，
送香定是桂花开。

【十】

风吹叶落万千音，
流水淙淙似打琴。
山鸟枝头犹不静，
村民笑语满园林。

【十一】

夜静钟鸣日上迟，
山村何处不鸡啼。
游人目断国清路①，
满目红枫橘绿时。

【十二】

东山月上西山影，
叶落风急一起鸣。
多少虫声多少语，
窗西夜幕缀飞萤。

① 国清路：天台县国清寺附近的一条路。

【十三】

更深静寂夜迢迢，
梦醒酒祛人在烧。
风送落花窗外雨，
芭蕉叶上打通宵。

【十四】

茶后养神坐客厅，
无心赏月见流萤。
凉风吹动窗前树，
一夜虫声伴雨鸣。

【十五】

老来无事上山频，
时遇秋风穿绿林。
红叶纷纷撒不尽，
枝头又见小鸣禽。

后岸桃园

碧水青山铁甲龙，
桃园就在一溪中。
一年一度蜜桃宴，
王母无言脸也红。

无　题

西窗落月雨丝丝，
三月杏花出阁时。
天似有情山雨智，
人间冷暖有人知。

泉　水

一泓泉水山中吐，
流到山边人不知。
入厂同台载歌舞，
出门不似在山时。

喜　雨

夜半芭蕉雨打拼，
东方未白望甘霖。
花花草草伸头颈，
山鸟飞鸣满树林。

夹竹桃

夹竹桃花六月开，
鲜花翠叶引人来。
闹春阅尽百花态，
夏末登台还是呆。

秋海棠

一窗秋雨一窗纱，
雨过天晴见彩霞。
明月匆匆何处去，
登庭探望海棠花。

无　题

天空云彩似船飞，
路上行人踏月回。
若问人生何碌碌，
只因为世育新梅。

一曲山歌

清清嗓子放开喉，
一曲山歌唱到头。
牵动西山明月走，
引来百鸟一山兜。

忘“通风”①

只贪滋味忘“通风”，
脚趾红红筋似蹦。
一拐一瘸失去控，
一窗斜坐望华峰。

观　月

一轮圆月缀蓝天，
留守婵娟却不言。
寂静晶光如镜鉴，
候他坐到下西山。

① 通风：指痛风病。

看　山

逝去青春鬓发斑，
春秋爱上白云间。
近来心感无他乐，
只可窗前看绿山。

纳　凉

溪边闲坐等风来，
月上梢头无鸟飞。
星斗满天犹闷热，
凉风吹走笑声回。

无　题

和风吹醉小黄莺，
飞到公园见落英。
疏柳轻扬园寂静，
小桥流水鸟争鸣。

杨　梅

杨梅孕育一年零，
但等果红梅满林。
一日开园人客选，
甜酸堵口笑声惊。

水南人

南山脚下水南人，
种菜种瓜先望根。
走北闯南生意秤，
迷他雾走影无痕。

无　题

平平岢岢千条路，
陡陡曲曲一水流。
直面人生何有疚，
一生几步令人羞。

雄　鹰

麻雀枝头栖一堆，
雄鹰天上向阳飞。
凌云壮志犹添翼，
万里鹏程一日回。

无　题

花开花落本天然，
何去寻求喜乐天。
人到世间多少载，
为民才是乐流年。

无花果

无花果子甜如蜜，
千百人来皆口贪。
七彩人生多有味，
一生隐性果先天。

开桥日

五号新桥水上眠，
一行白鹭上蓝天。
红旗招展开桥日，
人走车驰笑口甜。

瓶　花

鲜花插在一瓶中，
故态犹存迎野风。
不想无根花易谢，
惜人只喜一时红。

牡　丹

古刹香风引客游，
有谁闲步不停留。
牡丹生在长松角，
难怪游人不举头。

华顶观花

矮松乱草路难分，
钟鼓无声山鸟闻。
红白杜鹃花竞放，
清香独味一山喷。

植树歌

前人植树后人福，
空气清新又想哭。
但等春来花放日，
郁香林影进山窟。

春　日

满目山川长绿苔，
梅花落尽杏花开。
窗台红日草青翠，
杨柳枝条风送来。

游桃源二首

【一】

三月桃花一片红，
桃源深处梦无穷。
历来花女多情种，
游客出来苦味浓。

【二】

浅色桃花来到春，
依山傍水一群群。
桃花源里红楼梦，
一到花边留住君。

乐天台

黄花绿柳赤城彩，
小麦青青山鸟乖。
如此天台仙也醉，
乐回不枉世间来。

即景二首

【一】

一山矗立众山小，
云雾娇娆山半腰。
眨眼雾消山鸟叫，
青山绿水美如姣。

【二】

晴空万里雾昏昏，
一路朦胧不见村。
直待春风吹绿叶，
满天红日笑风云。

无　题

吐青杨柳不言语，
漏泄春光究是谁？
蜂怯心明知落处，
梅花林上几回飞。

上塔头寺

冬日阳光四处明，
松青草野雨初晴。
登山望景浑如画，
再上塔头听鸟声。

国清即景

山歌声起已黄昏，
云月沉浮漏白痕。
寺古僧多灯火盛，
钟声穿透数乡村。

闹　宫

烟火飞天宫满尘，
嫦娥悔恨月来奔。
自由还我女仙愤，
王母奈何佳目瞋。

赏朱家尖沙雕

朱家尖岛海中花，
碧海蓝天一处沙。
艺术沙雕白发赏，
无端万物一专家。

重游普陀山

二秩多年再次来，
旧容未改百花开。
观音留守海鸥美，
海客瀛洲唾沫飞。

秋日过罗溪路边公园

昔日溪滩藏野狗，
今天落叶百花愁。
山风吹动美枝瘦，
霜打菊花昂起头。

苏堤六桥

日上霾休红满湖，
山花微笑柳枝疏。
苏堤路上六桥古，
踏破又修犹丈夫。

红　枣

甜甜蜜蜜一红枣，
日夜孳生来到秋。
叶叶枝枝生果子，
给人补养脸何羞？

秋　夜

草黄叶落北风紧，
长夜虫声不肯停。
秋雨绵延何不断，
书声贯耳溢楼亭。

秋　桂

一夜桂花何落尽？
谁知雨伴北风行。
花魂远去香犹在，
万木前头四季青。

枇　杷

枇杷冬日把花开，
落叶西风百草呆。
带果越冬何惧雪，
来春鲜果赛花台。

馒头山

馒头山上野花开，
蜂蝶蹁跹一处飞。
登上山头花护卫，
上林哪有此芳菲。

哭　花

春去夏来花颤抖，
无边落木已秋头。
怎知花谢叶枯后，
孤苦伶仃独自愁。

樱　桃

过雨樱桃红满天，
行人止步有谁知？
茫茫世事如花木，
多少忧愁果落时。

无　题

十里荷花一路香，
千株秋桂水边扬。
钱塘山月西湖夜，
难觅疮痍昔日乡。

过荷花池

残荷败叶我发呆，
美丽容颜何日衰？
好在荷根留后代，
来年仲夏再花开。

桂　花

园内桂花关不住，
篱笆联手也出墙。
西山红叶萧萧下，
十里乡村一处香。

偶　遇

月光洒落留千影，
萍水相逢九里亭。
睁目无言人战栗，
惊得月落鸟哀鸣。

无　题

桂花树下酒三杯，
影落月明人不呆。
多少中秋园月夜，
思前想后似花开。

虎跑泉

长松夹道虎跑邀，
虎去泉流日夜消。
清冽涓涓犹未了，
任人汲取水中姣。

龙井行

紫云山路一人行，
叶落泉流该有情。
满眼山弯多绿影，
犹如醉梦人香茗。

杨 梅

杨梅遇雨口难开，
夏雨绵绵日夜来。
问雨为何如此害，
红梅又认自回归。

无 题

曲院风荷顶上开，
蜻蜓点水上花台。
晴虹玉带桥留影，
林鸟斗风飞过来。

大道行

林荫大道休闲步，
一任暑天人不疏。
乐道人间一省府，
平衡生态赛当初。

观　荷

花去莲来叶不低，
蜻蜓点水闹嘻嘻。
芳香已过随风逝，
清影长留水鸟栖。

在白堤

一行桃树一行柳，
一对行人一路情。
护柳插花修美事，
何愁老幼不安宁。

灵隐行

穿林未透闻灵隐，
不见佛门听客音。
壁上石雕多古艺，
寺中梵语鼓钟吟。

上天竺

墙黄树绿上天竺，
袅袅香烟一寺伏。
空气清新僧热火，
游人到此享清福。

观　虎

铁窗日子已多年，
人去人来眼不瞻。
王者威严犹不见，
一身酸态在人前。

观钱塘江

钱塘江上点儿羞，
逆水行舟争上游。
浩浩苍龙东海去，
断枝无奈只逐流。

无　题

夏夜天高湖水清，
湖滨赏月到凉亭。
花间移步携妻走，
一路寻求白发情。

五环北京

八月鲜花为客开，
贵宾羞怯走出来。
健儿共梦五环聚，
拳攥京城上赛台。

无　题

月下石边夜促织，
放喉歌唱类长诗。
东风不管诗何意，
一味和弦少见时。

惜　花

东风无力百花残，
青鸟挽留口水干。
流水淙淙东海去，
游鱼无奈躲龟山。

神　七

华夏神七上太空，
志刚舱外步轻松。
航天设计穷心血，
探测星球立大功。

石头记

巨石一块当街立，
门第一升价万值。
何论出身贵和贱，
只因时势造生机。

秋日有感

一夜溪边百草黄，
寒霜满地性发狂。
秋风落叶何相克，
一叶思舟任我忙。

无　题

千丝杨柳水边飞，
万亩游鱼尾尾肥。
今日农民岂为己，
神州华夏觅芳菲。

咏　春

冬去春来枝叶旺，
眠根枯草在发狂。
河山染绿花添色，
沉鱼落雁处处昌。

乡　村

青山绿水乡村秀，
美丽人生伴我行。
稻麦清香多野味，
天仙怎有此交情。

会　友

毕业一别多少秋，
少年趣事眼前羞。
今天宴会来杯酒，
白发情操再次留。

无　题

高龄慰问有何羞？
无绩掉牙多少秋。
曾育李桃花叶秀，
他山攻玉鸟啁啁。

有感居民新区

一座山头草木飞，
新楼幢幢赛宫闱。
四邻九舍陌生客，
和美一生你我谁。

登城尝景

登上府城望海湾，
远帆逼近面巾山。
春风又绿临江岸，
往日今天晴雨谈。

祭　祖

拔菁制饼祭先灵，
泥水渗鞋兴也浓。
天下儿孙遵祖训，
千家万户乐融融。

罡 山

一步一阶登上山，
风光无限险峰间。
只因离奇狂风怒，
雨打罡山山不弯。

狂老头

春夏秋冬日夜忙，
少年白发有何狂。
只因果子无眉目，
失去寸阴心里慌。

观曲院风荷

芙蓉玉立观八方，
晨雨蒙蒙水闪光。
叶舞风微诗意在，
青山绿水闹天堂。

灵山探梅

灵山脚下我探梅，
一片梅林扑面来。
可惜今天非二月，
梅开时日步难回。

玉泉观鱼

鱼跃人歇细雨间，
茶凉心热玉泉闲。
游人欢笑颜开面，
好比春花喜绿山。

游西安

西安枯木逢春色，
色染游人论古今。
嬴政隆基多入土，
非非是是育年轻。

过华清宫旧址

红尘一骑荔枝来，
妃子欢心百姓灾。
昔日华清今址废，
玄宗故事后人哀。

游西安碑林

大器名家墨宝寻，
颜王柳赵集碑林。
千年古树青春在，
学海无涯创意新。

天下无贼

何时社会全新日，
盗贿偷扒会变心。
天下无贼何圣境，
千山望断惜无音。

重阳感赋

岁岁重阳举酒杯，
年年尊老笑声飞。
夕阳色染江南北，
天下平和花草肥。

牛

黄牛吃饱青新草，
长肉肥膘总不骄。
产乳耕田功不少，
今天事小力难消。

螺溪吊艇二首

【一】

万家灯火锁螺溪，
静候松风百鸟啼。
来日太阳爬碧树，
渔歌越海北山熙。

【二】

圆石吊艇上青天，
溪水淙淙去海边。
昔日渔船形不见，
幽峰特异酷天仙。

黄狗与主人

黄狗主人街上走，
主人昂首不回眸。
跟随黄狗穷前后，
涩味孜孜笑点头。

世　路

世路茫茫无尽头，
人人驾驶莫发愁。
看清目的坦途走，
只要为民何去忧。

虎年贺始丰

日上东横望古松，
赤城照亮满山红。
国清古刹钟声响，
宣告寅年贺始丰。

无　题

春夏秋冬按季旋，
荣枯草木懂天然。
人生尝尽暑寒味，
才感春秋适口甜。

无　题

读报聊天度晚年，
人前人后赞孙贤。
“中山”梦想看今日，
谁是谁非无须编。

雪景四首

【一】

飞雪偷偷一夜来，
银山雪树水流衰。
大人摄影留千景，
雪仗开台有小孩。

【二】

千山万水色无彩，
一夜五更白雪飞。
但等太阳出树海，
雪融水绿蜡梅开。

【三】

蔽日乌云风怒号，
飞来雪片赛鹅毛。
群峰失色青何在？
一地变成白浪涛。

【四】

青山绿水一时稀，
一夜无言鸡在啼。
狂雪漫天蒙日月，
怎知日上水盈池。

兰　花

桌上兰花秀叶长，
花儿玉立在中央。
一年孕育花数朵，
室内无人也放香。

樟叶颂

秋风败叶纷纷下，
樟叶青青不换装。
但等来年新叶上，
旧年老叶退一旁。

油菜花开

油菜花开处处黄，
河山锦绣彩八方。
菜农笑闹游人赏，
蝶舞蜂飞人观光。

燕子寻主

春暖花香燕子回，
蹁跹起舞乐开怀。
旧年主子楼何在，
幢幢新屋处处飞。

立夏进补

富人饺饼圆圆筒，
穷人奈何磨麦虫。
岁月无情今古异，
千家进补万翁同。

方山二首

【一】

恐龙出没方山顶，
生子猢狲静默林。
多少年前生态馆，
如今百姓记犹深。

【二】

山上无云见顶平，
胡公塑像笑盈盈。
松青竹茂草花路，
何处行人和鸟鸣。

麦　李

红红果子圆圆肚，
甜味催人口水流。
孕育一年今日就，
一腔热血付春秋。

桃源少女

刘晨再次入天台，
仙女难寻凡女飞。
昔日桃源今尚在，
多情少女笑声回。

水杉颂

水杉冬日一无叶，
大雪摧压头不弯。
傲骨一身人感慨，
春来又绿水东南。

第六洞天

来到洞天何算迟，
漫天遍野正花时。
道姑观里木鱼止，
山鸟吱吱上树枝。

赏寒山湖

寒山湖上少风波，
情意绵绵船载歌。
山雨欲来风不走，
夕阳含笑下山坡。

茶　楼

杨柳芽黄爬上丫，
香茗丝雨伴人家。
水边影落鱼虾吓，
亭子早霞云雾茶。

兴　归

兴致一来景点逃，
味儿酷似品仙桃。
肚饥眼饱兴归里，
月上东山酒半消。

卖花吟

山花丽质人称颂，
一日离根哭断魂。
卖落行人成饬送，
金樽瓦缶插凭君。

观龙穿峡

迎面飞龙呼啸下，
晴天白雨映朝霞。
穿龙破壁鸣风起，
泄尽银河浸透峡。

过机关大院

春风得意百花开，
无处衙门花不飞。
自笑不如虫自在，
随时出入把花围。

采桑女

芦苇丛生柳绿家，
和风细雨湿桃花。
谁家秀女采桑去，
一路歌声戏早霞。

观朱蒋漫画展

满室人头漫画展，
心中自语美千千。
非非是是是他的，
睛点画龙天下先。

六桥观光

六桥溪水直通通，
人染桥头夕阳中。
多少水声歌永昼，
坡塘路口数桃红。

红辣椒

走进篱笆过小桥，
园中一地万千椒。
一朝果子枝头闹，
闪闪红星地上逃。

咏泉二首

【一】

苍山顶上水悠闲，
日涌夜出何有干。
流水淙淙情脉脉，
不添波浪祸人间。

【二】

山中泉水有些甜，
来往行人不要钱。
日夜付出犹乐意，
声声呼唤莫贪婪。

纳　凉

溪边两岸尽亭台，
远近村民笑口开。
摇动芭蕉踱戏步，
迎风赏月纳凉来。

步入旗南小学旧址

进祠犹记少年时，
抗日歌声学子知。
故址重游零落地，
书生难觅旧时诗。

听　雨

黑天雷雨老桥西，
听雨村民美落玑。
一夜轰轰多是水，
料应填满始丰溪。

南屏夜月

残夜山明知月上，
隔坑传语影如琼。
南屏夜月松风醉，
处处村民藏笑容。

中秋梦二首

【一】

东风驾我上天空，
好客嫦娥宴月宫。
劝我醉吃天上酒，
“桂花”发力我头红。

【二】

中秋飞渡广寒宫，
处处银灯满太空。
酒尽夜阑星斗动，
东风吹醉桂花中。

遇老乡

一路金黄闻稻香，
夏天热浪怎清凉？
田头遇见桑农客，
笑脸相迎是老乡。

无　题

花炮震天近兔年，
南窗花影伴床眠。
清晨还做儿时梦，
下院祠堂拜祖先。

老桐柏

山头尽是万松花，
山下宫庭住道家。
冬日竹根残雪里，
老宫传语走山涯。

佛教天台宗

一宗智者天台立，
解惑圆融三谛求。
多少自行佛理见，
化他信仰自由修。

夜行天台道

断云作秀南山岭，
明月多情伴我行。
夜色披身何怯步，
天台道上去摘星。

登南黄古道[1]

秋风吹醒枫林醉，
古道南黄红起来。
百步三弯登上岭，
哥们笑口自然开。

痴　情

一名女子倚门旁，
不看菊黄只等郎。
忽见爱人车子下，
害羞带怯入厅堂。

① 南黄古道：即南屏至黄坛通道。

垂　柳

北地公园杨柳立，
春来枝叶绿如烟。
抬头日子无来日，
日夜传情至晚年。

雨　后

东风吹散雨云消，
春水涟漪不涨潮。
夕照始丰千里翠，
山南林鸟欲归巢。

重访南山

约人重去访南山，
枫叶初红草也斑。
古道南黄妆扮少，
微风吹奏白云间。

雨　中

屈曲石径倚山斜，
丝雨蒙蒙见落花。
欲赏琼台过桥去，
漫山遍野洗流沙。

天台三首

【一】

山外有山千万弯，
国清桐柏赤城山。
天仙体验人间地，
刘阮入山仙下凡。

【二】

九龙鳞甲造天台，
佛道争先仙也来。
何处寻芳天地最，
琼台印月始丰雷。

【三】

老鼠岭头多少花，
观音堂口夕阳斜。
生来风景依然怪，
步入天台不想家。

一　瞥

人倚窗西看电视，
篱笆树上挂新衣。
堂中乳燕随风去，
也上云霄试试飞。

晓　步

每每来回散步还，
百花路上望东山。
今朝宿露多消失，
山色清新走过弯。

六桥头

桥头溪水少游船，
四月清明叫杜鹃。
一地红花风雨起，
满桥花片落坭眠。

走在南山路上

两山夹水过山弯，
月锁西湖数栅栏。
夜色茫茫犹散步，
垂杨荫里走南山。

游西泠印社

林海曲廊游客忙，
西泠翰墨著文章。
先贤印社醽醽酒，
品你舒心一肚藏。

灵峰探梅

步入梅园花骤开，
千姿百态眼发呆。
春风吹绿灵峰翠，
梅叶为何迟上台。

野　草

大石压草草冬眠，
春气一来醒上先。
穿过石边迎水点，
青青野草在人前。

九十老人

风雨人生日月新，
一生碌碌做良民。
九十吐哺诗千语，
尽唱黄昏遍地金。

和　尚

树上鸟儿成一对，
念经和尚展双眉。
隋梅含笑青松翠，
敲碎木鱼窗不开。

散步东湖

月上东山照四方，
轻纱夜幕路灯忙。
暑天步入东湖岸，
影落花前过走廊。

五　峰

我上山头看五峰，
云团雾气占山中。
一年四季无言语，
经受秋冬春夏风。

偶　思

天上人间何处美？
人知仙女下凡来。
刘晨阮肇天仙配，
何苦思乡故里回？

戏电信工①

菩萨宫中难有果，
千呼万唤始出来。
春风得意一时雨，
一壑桃林花不开。

---

① 戏电信工：诗人请电信工到家作业，后者姗姗来迟，且敷衍了事。诗人是以讽之。

夏　夜

眼睑催人快速眠，
凉席火热苦难言。
热风吹汗如流水，
夏夜长长骂暑天。

寻　商

桂花树上丝瓜挂，
圈地竹篱处处花。
黑发青年花不赏，
网中寻觅找商家。

羞

一生劳碌有何求，
见了阎王还感羞。
屁股光着来入世，
黄牛哭笑业无留。

炒　股

股票下跌如掉金，
爹娘地下不甘心。
甜酸苦辣人生味，
资本市场一处寻。

戏折桂三首

【一】

小青折桂家中配，
香气弥漫舒适该。
桂树深知流尽泪，
来年活命也难猜。

【二】

园里桂花今不开，
折枝游客莫发呆。
张三李四折枝走，
枝少叶疏花怎来？

【三】

行人折桂手中拿，
麻雀叽喳莫带花。
狼狗狂嚎谁不怕，
似偷十斤重西瓜。

问

阿良①魂魄问学锋②：
怎会当官入狱生？
九九回归碑题者，
无言以对面松风。

---

① 阿良：王阿良。他是一位在美国做帮佣的工人，把一生积蓄捐赠给天台办学，造福子孙后代。

② 学锋：周学锋。他为官不仁，锒铛入狱。曾为九九回归林题碑。

赏　菊

菊花偏选入秋开，
阅尽千花才上台。
香送人间无老幼，
花枝招展蝶徘徊。

无　题

国清古刹雾云烟，
难觅隋梅和塔尖。
但等风吹烟不见，
红黄青绿一山眠。

家乡赞

寒食走后万花红，
夕照寒岩不老松。
仙女桃源非是梦，
琼台吻月乐其中。

荷　塘

六月荷花顶上开，
蜻蜓点水水中飞。
青青野草浮沉忆，
叶上青蛙尽乱吹。

题西张岀

千山万水本相通，
谷谷峰峰却不同。
骤起奇峰天下立，
有言难语在其中。

家　乡

仙女桃源稀罕地，
青山绿水狗牛飞。
家乡如画张君爱，
十月红枫满地飞。

路　灯

几盏路灯街上立，
灯明日落照无眠。
不分贵贱任人便，
不管风风雨雨天。

秋菊二首

【一】

西山菊野自然开，
不管游人来不来。
甘做药来医百姓，
熬身煎骨不头回。

【二】

万花妆卸秋菊上，
不怕寒风地上霜。
百态千姿人尽赏，
幽香独味世无双。

观十六届广州亚运会开幕式文艺表演

岭南文化传奇展，
碧海珠江水上篇。
水里浪尖星级演，
夺冠亚运在明天。

情　趣

少年白发同学会，
聋子成堆笑语飞。
过去今天明日事，
三三两两话由来。

橘　园

翠绿橘园今日变，
园园红果独鲜妍。
满园笑语怎关住，
小鸟飞天难落边。

过小溪

时光又到夕阳西，
只可回家过小溪。
桥上路灯如白日，
车来车往鸟难栖。

竹　笋

突然竹笋一山立，
不怕沙石黏土坚。
箬抱玉身瞧侣伴，
绿山红染蕊千千。

无　题

黄叶飘飘进小楼，
秋收时日有何愁。
忙完儿女点儿瘦，
老汉心疼讨计谋。

过华顶

千花朵朵客心开，
万树青青草绿来。
花木偷情华顶醉，
人生一世几徘徊？

候　郎

山村有位小娘家，
整日候郎等日斜。
等到车来人爽快，
害羞转向望桃花。

山　歌

寒冬腊月尽西风，
白雪皑皑万壑中。
古寺山歌冻不住，
漫天散落到华峰。

问　路

七弯八壑路难分，
一片竹林才见人。
讨问山民佛国寺，
摇头不答笑声闻。

观桐柏瀑

高山流水碧山头，
一泻无余挂绿绸。
红叶白云山上走，
游人忘返不知愁。

夜观紫凝二首

【一】

紫凝夜幕山头影，
灯火千家闪闪明。
酷似枫桥渔火景，
移来此处赛天星。

【二】

一园毛竹一楼人，
每日出门上下岑。
但等夜深明月枕，
万家灯火满天分。

向日葵

四月葵花迎日行，
夕阳西下笑盈盈。
清香瓜子肉身美，
待客闲聊似上卿。

题桃花

三月桃花满树开，
枝间蜂蝶一齐来。
可怜长在山塘内，
寂寞无人瓣自飞。

春　老

柳絮飘飘春色老，
山花落落一桥东。
花开花落寻常事，
何苦伤心月挂松。

桐柏即景

春花二月影无踪，
残雪压枝幽谷中。
一夜春雷轰似醉，
竹林未见笋升空。

农　事

春风吹醒柳芽黄，
细雨蒙蒙人不慌。
北地山头农事乐，
村民下薯正当忙。

偶　感

走进西坑碧水流，
千山万木淹三州。
此时便觉浑身绿，
似入染坊观四周。

雨中桃花

竹溪杨柳嫩芽待，
春雨绵绵不肯归。
谁管天公难作美，
桃花捧腹笑出来。

花　影

月下桃花影未斜，
移枝走月见篱笆。
飞云无意遮明月，
影落林园无可加。

台山云雾茶

春到台山茶长芽，
清香独味满山匝。
一身云雾有何怕，
昼夜滋生成客茶。

柳

枝头尚未有芽黄，
借得东风独自狂。
待到絮花蒙日月，
一身绿叶尽输光。

喜山奔

粉笔人生杂酒痕，
退休之后喜山奔。
赤城桐柏国清寺，
风物天姿销我魂。

麦　花

多少青苗风雨催，
麦花又过小墙来。
山民虽爱心头语，
难锁笑容一脸开。

旗山玉米

旗山南走到溪边，
玉米依山上北天。
但等米花扬万里，
红须围住一山尖。

早　春

一树梅花傲雪开，
迎来春气满山围。
柳青有意随风醉，
笋醒无心上土来。

稻　田

水田镜鉴照蓝天，
一日秧苗绿满田。
细雨蒙蒙犹可见，
青蛙田里话千言。

梨园黄蜂

春日白花多腊腊，
夏来果子蜜甜甜。
黄蜂不问梨头价，
打孔寻鲜不付钿。

哭地球

战火纷飞损骨筋，
山河污染水难清。
漫天泪雨为谁泣，
还我地球百姓情。

寒山鱼

湖光山色绿莹莹，
水面跳鱼谁不惊。
不怕游人要它命，
自由自在靠船行。

林中城市

林中城市独风光，
窗外松针上厨房。
老汉窗关声不响，
晨光花影卧眠床。

无　题

雪月风云求自然，
甜酸苦辣也多言。
笔耕园里千般味，
何慕佛家水上莲。

过罗溪

溪岸公园长数里，
花红柳绿鹊南飞。
乡村城市竹林地，
难解难分鸡在啼。

暮　春

瓣掉水流何有家，
残红绿叶遍天涯。
无情蜂蝶过墙去，
不肯山城问落花。

迎　春

过雨始丰溪岸东，
暖风催柳蓄毛绒。
笋根苏醒土冲动，
胎里桃花孕育中。

蝴　蝶

暑天才见紫薇开，
蝴蝶无情采蜜来。
不管花衰枝叶落，
蹁跹起舞上天台。

夏　日

天公作美甜如蜜，
雷雨奇袭六月天。
烈日云中穿不透，
市民夏夜可安眠。

蝴蝶泉

碧翠一泓泉不寒，
蹁跹蝴蝶满溪滩。
向来流水淙淙响，
似诉出山过九湾。

过济公院

院边未到笑声来，
说道济公打鬼回。
醉酒葫芦衣也碎，
扇摇风走桂花开。

偶　感

步入公园思旧情，
你歌我唱戏花坪。
何时抹去心头问，
还我童年那个零。

秋夜即景

柿子红红叶有知，
漫天夜幕月来迟。
鸟眠人睡山村静，
闪闪萤光灿烂时。

黄　牛

翻地耕田机上前，
黄牛休业已多年。
自然规律谁能变，
牛气冲天睡草边。

榉　溪

万岭剖出一榉溪，
山清水秀孔家栖。
兵灾南下相依地，
南宋筑巢堪古稀。

柿　子

柿子发红秋雨催，
风吹叶落满园飞。
寒冬腊月雪花载，
春到枝头花懒开。

无　题

东方发白院门呆，
磬鼓钟声游客来。
尽日烧香知不足，
禅心穿透百花开。

乡镇见闻

城镇乡村皆入图，
为民施政乐樵苏。
改天换地新生事，
百草园中一丈夫。

拜祖坟

杜鹃遍地数花开，
齐氏儿孙墓地来，
追忆祖先功与业，
满车仁义老家回。

始丰水

盘安黄水冲天台，
溪造始丰灾害堆。
今日青山花木岸，
石门库水按规来。

冬日早晨

日上东山万物明，
西山流水已成冰。
满天飞雪千声静，
小鸟无知却在鸣。

治　水

污水溪滩关数庄，
乡民治水怕何伤。
莫提臭味西天葬，
春到溪边花上装。

慰　问

娘家慰问暖如春，
遥想当年情意存。
但等花开春色闹，
莫忘白发种花人。

古道苏

秋色迷人古道苏，
人流如梦入仙都。
漫天枫叶纷纷下，
酷似红花一地铺。

明岩洞一瞥

洞里烟云往外冲，
外头浓雾两消融。
钓蟾不见山门觅，
和尚道孺蒙雨中。

寒岩洞一瞥

我来古洞沿山走，
夕照寒岩出彩虹。
昔日寺门今不见，
飞龙铁甲舞溪东。

过国清寺

千草露头雪半消，
东山日上水迢迢。
梅花院里僧人见，
日夜闻香过小桥。

春　望

春寒料峭出家门，
遍地麦苗多稚痕。
唯见梅花随水去，
迎来万蕾吐芳芬。

新　春

马跑羊来又一春，
红花绿叶满乾坤。
仙人向往人间走，
玉帝扬言批不准。

望　月

重游故地北风寒，
记得当年粉笔甘。
老去不知乡里月，
夜深还在水边看。

过桃园

晴天漫步过城西，
听见桃园鸟在啼。
转眼花开红日里，
啄花含瓣鹊南飞。

江　景

夕阳西下晚霞丰，
寻觅溪边无影踪。
千百晴空光照里，
半江碧绿半江红。

始丰春月三首

【一】

青山碧水始丰城，
柳绿花红百鸟鸣。
夜半楼台望春月，
河山里外尽分明。

【二】

遍地桃花邀我游，
垂杨凑闹绿油油。
东山恰上红红日，
里外分明百鸟讴。

【三】

风雷激荡九州新，
万马奔腾能量增。
如此花香时日里，
何人不肯驭东风。

二月看鸢

一地山茶二月中，
周边草木势汹汹。
纸鸢飞上天空去，
掌控人儿露笑容。

油菜园

满园春色菜花开，
游客犹如蜂蝶来。
叶翠花黄多少美？
欢声笑语鹊南飞。

始丰水

四面环山一水留，
东横放口向东游。
响声酷似琵琶奏，
无谱乐章也一流。

烈士祭

绿水青山似碧涛，
桃花三月奠英豪。
一腔热血洒天地，
化作杜鹃红过桥。

无　题

石楠红叶四边围，
院里花儿三二开。
长夜无眠思父辈，
西风落叶几徘徊。

春满溪边公园

啼血杜鹃一地红，
溪边百色彩排中。
多情花蝶蹁跹舞，
飞燕含泥在上空。

后岸桃花

桃花放笑半空醉，
宾客扬尘蜂蝶来。
世外桃源村上汇，
自由自在上花台。

登　阁

碧水青天红绿间，
春风得意满城关。
平民直上创新阁，
一览无余天姥山。

幼　鸟

一群幼鸟羽绒齐，
何故竹笼围住啼。
失却少年天地味，
那来翅展大鹏飞。

咏云雾茶

谷雨前茶又长青，
迎风招展逗人倾。
清香沁骨精神挺，
谁不品茗拜上卿。

冬日园林

三更夜半雪花飞，
哪有虫声充耳来。
冬日园林辛辣味，
霜枝静候蜡梅开。

华峰二首

【一】

华峰顶上拜经台，
恰似花心可展开。
日上红光辉绿瓣，
风吹玉叶自来回。

【二】

身立华峰望四周，
白云无奈脚边游。
杜鹃放笑山头闹，
欲饮花山人解愁。

明岩洞看五马影

洞外客车遍地停，
人山人海不前行。
为看五马壁头影，
寸寸黄金白白扔。

信步罗园

穿上单衫不觉寒，
寻芳信步到罗园。
春花一去石榴见，
世事历来如此妍。

四果洞①

天生果洞伴青松，
避雨御寒没草中。
烈士先贤留岁月，
红光不老告仙翁。

① 四果洞：位于飞鹤山东侧，系 1928 年 3 月 25 日中共天台县委第一次代表大会旧址。

今日黄昏

山村夕照掩重门，
房里笑声屋外闻。
今日红花开不败，
一庭香味溢黄昏。

喜闻增资

不上讲台已数年，
小楼赏月白拿钱。
当家关爱又资补，
喜在心中嘴也甜。

战“灿鸿”①

“灿鸿”侵扰要人命，
万众一心战孽神。
暴雨狂风同肆虐，
人间再现爱河喷。

过始丰

踩水过溪思往昔，
是谁训诫叫龙眠。
寒山湖女苦心见，
循道遵规无可言。

① 灿鸿：2015 年九号台风，7 月 16 日在浙江舟山登陆。

晨观高明寺

高明落在太平山，
一寺香烟竹木环。
日上鸟来听梵呗，
圆通石上几来回。

再　梦

夜月山村格外明，
飞萤闪闪赛星星。
今宵再梦琼台阙，
又上赤城见国清。

后　岸

前溪水绿后山林，
几代农耕还是贫。
开放改革心路转，
蓝天碧地撒金银。

秋　夕

楼台无意望天空，
一阵清凉一扇风。
窗外飞萤何点点，
亭边红叶月明中。

僧　人

抗日期间佛经通，
每天高唱满江红。
一年不见有人问，
只道投身抗倭中。

菜　园

菜花三二一园开，
玉米七八九棒桅。
甘薯甜鲜藏土里，
丝瓜攀附上楼台。

青　松

万年山上一青松，
不在风中在雾中。
日夜窥看天下事，
无言以对说秋冬。

观今日

身经六十多年月，
眼见新颜旧貌疏。
况复眼前花锦绣，
更兼山鸟在咕咕。

观月有思

中秋圆月令人呆，
长夜无眠思未来。
情满人间花草美，
合家欢笑上琼台。

八月桂花

八月桂花处处昌，
乡村城市四周香。
菊红柿落桂花放，
万物自由第一疆。

始丰湖上

东边日上西边影，
半白半红湖水粼。
走进东亭人济济，
西园喜鹊早登临。

秋日西山头村即景

多少红株柿上天?
几株秋桂躲村边。
山头尽见东方日，
光里芙蓉分外妍。

过山丘

秋风落叶莫悲哀，
时有菊花四野开。
一股沁香多免费，
看你舒适往家回。

登顶观景

枫树头山爬上顶，
新苗老树伴花亭。
秋风撼动霜天景，
何问人间草木情。

秋　晚

适逢九月秋风起，
红叶满山云在飞。
山鸟归林初入夜，
又迎明月上天台。

无　题

天上银河落九天，
田中流水四周眠。
养成水稻黄金日，
喜获丰收又一年。

又一年

羊去猴来又一年，
梅开笑脸在溪边。
春风又绿水南岸，
翘首蓝天今日妍。

除夕夜

往日断烟逋债客，
今宵馆店品团圆。
斜阳铺地红年尾，
守岁千家万户欢。

思乡亭

思乡亭里友人来，
鬓发满头笑口开。
数落人间风雨灾，
阳春三月老家回。

过石梁

僧楼古寺新来客，
山杖拨云过石梁。
水落千寻珠玉碎，
鸟飞林海不知疆。

无　题

桃花有意满枝开，
流水无情头不回。
到老方知非力取，
天生丽质造英才。

过　年

喜鹊枝头续续喳，
迎回出外好爹娘。
合家团聚天伦乐，
闻到小康百味香。

点赞二首

【一】

天台山上老黄牛，
耕地耘田件件兜。
雾里云中多少事，
脱贫致富到退休。

【二】

老人举止人钦佩，
忘我之心如火篝。
万事为人他不计，
一生常替别人愁。

春　夜

百花犹睡独梅开，
蝴蝶怎知树上飞。
春色诱人楼上走，
满庭花影月登台。

无　题

桃花三月始丰溪，
两岸山村花在飞。
游客欲知仙女地，
可学刘阮入城西。

无　题

日丽风和续续晴，
山南水北尽分明。
人生向往看今日，
朵朵葵花向日倾。

广玉兰

广玉兰开又一年，
白花幽雅笑蓝天。
新鲜空气伴香味，
老少无欺莫抢先。

春　柳

东风吹绿柳梢头，
细雨蒙蒙又不愁。
今日闺中藏碧翠，
明天叶上主人楼。

戏题水磨峰古庙[1]壁

消魂落魄一神仙，
溜进庙堂度晚年。
愿与山林同日月，
不求香火上青天。

红　杏

桥头宅美一花陪，
红杏出墙水上开。
碎影笑容谁不醉，
客人无语讨栽培。

---

① 古庙：位于天台县城北国清寺东侧水磨峰山顶。内有名不见经传的神座，香火不旺，堪称“冷庙”。

过僧楼

眉月僧楼倚五峰，
木鱼却催世人空？
融通物理海棠喜，
乐土花开别样红。

春　雨

欲制新芽大雨倾，
怎知湿土促根兴。
春花感谢及时雨，
羞涩雨神一脸青。

桃花女

桃花春日一园开，
少女腮红跑过来。
结义人儿看我辈，
但求仁爱觅芳菲。

神　仙

观中走过数“神仙”，
修道养生无语言。
若问经文先祖事，
滔滔不绝话三天。

遇　友

卅年风雨各西东，
今日相逢景点中。
好在石梁重聚首，
一杯薄酒伴松风。

老　汉

老汉今年八秩零，
花衰啜泣又哀鸣。
半生苦恨不思诉，
夜与梅花说到明。

夜　思

日落鸟栖星满天，
风吹夏夜不思眠。
激活经济无盲点，
活水源头到海边。

题金地岭

躺在山中犹毕立，
迎来游客又无言。
一生甘为人铺垫，
千古至今也坦然。

仙　桃

树树仙桃连到峰，
宏宏彩练上天空。
天宫王母蟠桃宴，
满座平民创业工。

偶　思

白雪冬眠梅报春，
冰山一解水难存。
天生一种自然力，
该去遵循才是勋。

赏晚景

植树栽花添绿意，
回家醉酒赏蓝天。
衔山落日余晖里，
碧水潺潺绕稻田。

赤城晚景

水南飞过一妖龙，
墨染城头雷雨隆。
落日西山斜眼瞪，
风停雨止月明中。

花　苞

花苞待放展姿容，
满肚香甜藏腹中。
不愿争春何斗艳，
一枝红绿舞西东。

望吴岭

山肚出来尽汽车，
直奔高速唱情歌。
原生古道皆失色，
林鸟依然穿野花。

白　梅

为报主人三寸恩，
白梅残雪露花痕。
春风明月池塘岸，
一股清香销客魂。

题岊山

一山矗立半空樽，
雨打风吹不动魂。
不要人夸风景好，
一身硬气满乾坤。

上天柱山

突然瀑布一山挂，
水沫云天卧晚霞。
我等行人蒙雨打，
笑声催脚上山爬。

牡　丹

牡丹三月一登台，
多少花儿无胆开。
失却同龄齐赏月，
百花仙子少芳菲。

过老庄

万林升空争日光，
千峰赏月满山霜。
秋风落叶菊花放，
一片金黄过老庄。

过龙井

茶园一片几山坡，
好似海天新绿波。
神在怀中生创意，
无须僧老念弥陀。

登飞鹤山

登高不易下坡难，
九九重阳我上山。
八秩年华何感慨，
今年飞鹤往年闲。

咏西湖

早霞不问白堤闲，
船到平湖秋月间。
远有蓬莱游额赞，
近无碧浪浴栏干。

咏老裁缝

尽替别人缝嫁衣，
一生未上己身披。
一针一线讨人喜，
忘掉满头银发飞。

唤醒天台千景点

唤醒天台千景点，
迎来游客日绵绵。
寒岩夕照石梁瀑，
迷住八仙忘记天。

过杨梅园

昔日砍柴郎，
今天早改行。
杨梅红五月，
日夜手机忙。

无　题

夕阳无限美，
何怕近黄昏。
只要心灵俊，
来年第二春。

看田畈

田里铁牛吼，
泥翻黑土松。
转天黄水走，
秧绿遍田中。

忆教女趣事

诱儿学数码，
壁上挂枇杷。
可望难及苦，
咿呀闭眼爬。

无题二首

【一】

月上花留影，
江流水不凌。
人生过境雁，
影子后人评。

【二】

人比黄花瘦，
狗肥似虎牛。
富家佯富态，
笑倒水西流。

玉泉观鱼

泉在水中流，
游鱼也怕羞。
追鱼多有味，
故事后人修。

赏孤山

岸坐赏孤山，
山中翠绿颜。
若无一路筑，
孤岛更幽闲。

晚　景

夕阳西岭晟，
水色月光兴。
山鸟归林寂，
花园见落英。

柳　趣

一船过小桥，
丝柳显风骚。
拉住游人袖，
平湖秋月邀。

桂花颂

桂花嫁绿容，
采蜜蜂重重。
甜去香犹在，
赞声穿五峰。

无名花

一树路边斜，
到秋开白花。
虽无香味在，
看客万千家。

始丰水

一水皆东去，
两山夹九龙。
东横留不住，
入海影无踪。

芙蕖出水

一夜水添花，
惊呆岸落葩。
出泥尘不染，
迎上太阳夸。

湖边山亭

湖边一小亭，
夏夜市民兴。
月上亭留影，
风来笑语声。

踏　青

山边小草家，
今日尽开花。
迎我书生客，
风来枝不斜。

老红军

谈起老人功，
胸花闪闪红。
白头军史里，
每每话泽东。

自　然

鸟飞不尽天，
人化不成仙。
世界微尘里，
历来遵自然。

苍山顶即景

登上苍山顶，
白云脚下行。
众山留个影，
咫尺上天庭。

九龙潭水声

不见九龙影，
只闻流水声。
淙淙东海去，
宣告好年成。

麻　雀

麻雀不飞高，
最多上树梢。
生来无憾事，
日子也逍遥。

寒山诗

寒山人老去，
诗魄却留痕。
植在民心中，
开花却长根。

过太白堂

太白读书堂，
飘飘茅草房。
萧萧风月夜，
谁在作诗忙？

暮　春

风来夜雨闹，
花落何时了。
坠花溪里飘，
出水芙蓉笑。

霜　晨

满园遍地霜，
误作月宫光。
举目望明月，
嫦娥早躲藏。

古道行

虫声令鸟惊，
古道步履轻。
忆古思今日，
汽车脚下鸣。

春　早

梯田步步高，
绿麦上山腰。
春到池塘早，
梅开雪半消。

春　日

山鸟一窗吱，
黄粱梦里知。
欣闻香味觅，
蜂蝶采花时。

秋　夜

明月照栏杆，
创新不等闲。
农家庭院里，
秋夜画南山。

始丰行

客路上青山，
东行绕水湾。
始丰东海去，
红日掩城关。

咏　泉

青山绿水来，
游客一杯杯。
借问有多美，
嘴甜家不回。

山村二首

【一】

山村二十年，
不见断墙垣。
尽是新楼主，
春来花满园。

【二】

梅开五进门，
桂长百花村。
水稻黄金囤，
桑农喜泪吞。

望神仙居

一峰高一峰，
何处有相同。
仙女南天①笑，
游人挂半空。

---

① 南天：指南天索道，南元桥景区。

宿塔后

出门时见塔，
入室品花姿。
月上笑声起，
夜深鸡在啼。

过始丰溪滩边公园

十月不孤单，
海棠花一滩。
芦花飞对岸，
白鹭上南山。

卷　二

游龙井

龙井茶乡天下传，
独家风味亦天然。
新春踏步花开日，
腊月茶香谷雨前。
昔日乾隆来品味，
今天百姓觅新鲜。
山头寻路天堂梦，
快乐听泉又一年。

过竹园

竹新一晚露出头，
泉净千年也在流。
莫去探究园历史，
只闻人世内装修。
你来我去平常事，
叶茂花开也不休。
地下万根寻水秀，
人间百事有痕留。

游植物园

植物花园美且宽，
杜鹃花展客绵绵。
百花开笑竹儿立，
千草无声落地眠。
杨柳多情问花味，
青松不老话流年。
人生酷似花开日，
流水落花问老天。

白日梦

阴雨绵绵梦里甜，
老山不语吐山泉。
山清水秀犹香味，
草木花虫鸟夜眠。
一旦垃圾再生变，
三更臭气满城边。
忽闻玉帝神仙遣，
拷问官民何嘴贪。

慕　君

松老竹青茶叶幽，

一生住此有何求。

三间小屋飞云渡，

一处清泉向涧流。

深谷乌云千处起，

猿猴麋鹿一同游。

红尘不染任天去，

仰慕新君百不忧。

题鹫峰寺①

今日鹫峰新寺立，
原来古刹始咸平。
岊山佐证始丰景，
古地青松历代菁。
流水合溪多嗜语，
西张村落造群英。
耄耋窗友今游此，
同作千年古寺行。

① 鹫峰寺：据《天台山方外志》记载，鹫峰寺原名哈岭庵，唐代高僧怀玉始建于大中三年(849)，北宋咸平三年(1000)改现名。

寒岩忆旧

秋风吹走眼前景，
万侣千僧惊客魂。
千里溪流急下海，
百花树色映山门。
寒诗遍地心情吐，
摄取当年旧貌存。
策士诗僧皆入土，
平民忆旧骂王孙。

赤城有思

赤城绿树济公院，
袅袅香烟升上天。
道济高僧摇破扇，
紫霞修女拜先贤。
扇开晦气乘风去，
跪到运来福溢边。
此举何时能兑现，
何人渴望响心田。

游戚继光庙

城隍山下庙新新，
塑像堂堂最可亲。
昔日将军为百姓，
今天后裔祭军魂。
平倭策动人尊敬，
保卫祖国防寇侵。
规避家园无战事，
东窗不再血淋淋。

观吴山广场

吴山吐翠味香浓，
聚散休闲老少融。
杨柳系春春色老，
松风追夏夏天凉。
笑声冲走满身汗，
舞步换来日月长。
日照天高人气爽，
广场日子乐无疆。

大眼婴

乡里一流大眼婴，
人前白发令人惊。
沧桑刻上花纹影，
欢乐追回岁月轻。
粉笔人生明事理，
传知解惑送师情。
老人满面红光色，
眼大耳灵还步行。

忆青年

清明时节忆青年，
抗日风云布满天。
百万桃花花吐艳，
成千杨柳柳翩跹。
河山秀丽国人喜，
国土难容日寇沾。
投笔从戎学勇士，
黄花祭扫筑心田。

踏　青

朝阳一上我出行，
郊外踏青双脚轻。
油菜花黄一匹锦，
斑竹泪洒百般情。
东边小麦西山薯，
北面青松南地陵。
山鸟吱吱飞上树，
春风时有送香茗。

杨梅赞

杨梅孕育要来年，
满树红灯恰夏天。
食客一尝多上口，
商人二度进山间。
红红果肉知多味，
绿绿丫枝叶万千。
一口红唇吞唾液，
客人赞口味鲜甜。

雨　后

夏夜无风热怎支？
檐前麻雀也应知。
一声雷过倾盆雨，
二次洗刷竹树枝。
绿柳枝飞人乐意，
红楼有梦似相思。
始丰桥外人行道，
有序人流皆美姿。

坑口村

坑口春光美不低，
年中往往我来迟。
东南桃柳骄矜色，
左右花山无定姿。
路阔楼新车作伴，
鸡啼犬吠鸟栖枝。
小桥流水亭边树，
老汉吹嘘入画诗。

春　望

清茶淡饭爱人陪，
春日窗门四扇开。
树上黄鹂鸣翠柳，
溪中白鹭上沙滩。
花红柳绿九溪艳，
民富国强百鸟飞。
日月同辉多洒落，
梅花总是首夺魁。

回　乡

始丰水照白头翁，
重到老家人喊公。
竹马青梅三世换，
青年十个九商工。
泥墙不见新楼立，
大卡小车村路通。
樟老门头谈旧日，
沧桑何处有相同。

领补贴

满院花香关不住，
春风又沐读书楼。
青青草木连山地，
绿绿溪流放歌喉。
日上东山红火火，
耄耋喜笑眼柔柔。
银行打卡回家走，
喜气洋洋感谢头。

花园即景

园园秋色鸟栖枝，
点点残红下雨时。
只怨西风来作践，
多情女子泪胭脂。
雅亭荟萃家乡客，
明月依然杨柳丝。
园外桥边车子集，
静听流水唱诗词。

迎　春

流水始丰百里香，
微风吹动柳丝扬。
柳莺树上枝头望，
野草田边山地狂。
燕子穿林枝不晃，
红花绿叶显风光。
蜂儿本是多情客，
心恋花心采蜜忙。

西湖春早

故地重游嘴里甜，
波微水绿照蓝天。
百花沉睡尽无言，
垂柳吐眉立水边。
湖上游船飞水面，
孩童戏闹老人前。
新根干叶枯黄草，
雨后梦中争色妍。

西溪湿地见闻

车入西溪湿地境，
原生形态露人前。
碧青流水港弯转，
冬草枯黄云上天。
亭子拱桥游客立，
梅花垂柳报春先。
携儿带女家家乐，
脚踩夕阳还绕圈。

重游西湖

重去西湖心不厌，
今年好似赛前年。
雷峰夕照三潭月，
曲院风荷七月天。
景慕虎跑泉水冽，
断桥不到话蛇仙。
旧情未了新情注，
悦目赏心犹坦然。

古柳

西湖北岸一株柳，
俯卧水边枝叶修。
好奇引出兴奋目，
原来柱杖铁箍留。
腹空皮厚疮疤苦，
根在枝通血脉虬。
古柳前头歌永志，
湖边春色数风流。

观钱江潮

远看钱江潮起铆，
眨巴浪打过眉梢。
浪潮怎比心潮跳，
冲向太空山月敲。
潮涨潮消何时了，
人山人海有人操。
人生在世多求乐，
好似旱花遇水浇。

1926年10月23日观西湖烟花

烟火开心奔上天，
人心乐乐口犹甜。
茫茫夜幕准时下，
静静平湖人浪添。
林鸟无言身战栗，
游鱼水下似花蔫。
凌空尘土一时占，
污染杭城百姓眠。

清　晨

荫荫万木鸟出林，
飞上五峰月已沉。
晨鼓三通深谷静，
寺钟一下客迎宾。
赭溪流水隋梅笑，
喜鹊枝头断续鸣。
古刹国清多少美，
清新幽静似甘霖。

梅

百花无讯独梅开，
一树风骚犹自回。
枝影横斜水中现，
暗香浮动满园飞。
始丰流水丝丝语，
腊月寒天处处辉。
山外冷风吹不老，
嫩枝绿叶伴花来。

天　台

踏遍天台游上瘾，
九龙泪血铸山林。
石梁飞瀑赤城景，
古道寒诗传至今。
古刹国清桐柏观，
济公故里阮刘宾。
始丰流水愔愔岸，
十里桃花处处新。

西张毌即景

拔地孤寒一柱峰，
凌空直立把人蒙。
绝无奇特七仙貌，
只见摩崖一阵风。
踩级上山无怪异，
几间小屋数山翁。
南窗远眺乡村景，
山里桃花分外红。

题石梁

千山万岭水流急，
野草青青竹树奇。
两寺高低分上下，
一桥飞渡瀑如旗。
青天白日雷霆起，
古刹院中山鸟栖。
我欲涧边寻古迹，
山崖尽处有诗题。

农 商

花红竹翠鸟飞来，
小屋主人农妇归。
网上寻单销路俏，
眉飞色舞喊娘回。
白云多事山头在，
帘卷西窗蝴蝶飞。
蔬菜在山尘不染，
农家生意似花开。

夜观赤城

月上东窗分外明，
花枝影落雨初晴。
月光泼墨浑如画，
夜色飞云造赤城。
山外有山山不老，
楼中有境境中情。
虽非世外桃源梦，
也是山林少见峰。

春到赤城

赤城妃塔望人流，
满面红光无百忧。
千色相连山影动，
万花映照日光浮。
琼台桐柏桃源秀，
刘阮入山仙女留。
天上人间同一梦，
春来风雨鸟啁啾。

岳　飞

飞尘扑面泪波烈，
捍卫国家保母亲。
云月八千生与死，
精忠一世晴和阴。
无门报效沾身罪，
有史以来无处寻。
世上不平多少事，
丹心换取告人民。

秋　夜

流云横渡上奇峰，
窗下飞来一叶风。
多少园林深色里，
农家院落笑声浓。
蝉鸣声里歌秋月，
荷叶新衰问夜空。
蝶去萤来光闪闪，
叹何此景不相同。

南屏秋色

南黄古道绕山中，
枫叶近来面带红。
一路歌声风飒飒，
百花无趣去匆匆。
南屏松柏多青翠，
西海梯田霜似琼。
流水拱桥秋色里，
山林脉动数游龙。

情

献给一位教师兼母亲。

六名儿女养成人，
花去心思难以陈。
白日施肥桃李壮，
晚归伏案秉烛甄。
夏来唯恐天高热，
冬日怕儿冻坏身。
世上娘亲心意帅，
育才路上洗风尘。

望景天台山村

出门满目车轮滚，
不见肩挑与步行。
村外荷开山碧翠，
塘边柳茂鸟飞鸣。
赤城山上洞天正，
桐柏岭头库水明。
多少年来行善地，
山村无处不安宁。

忆抗日

为抗战胜利七十周年而作。

岁月倒流七十年，
神州大地尽硝烟。
鬼来侵我中华地，
欲饮长江东岳园。
还我河山齐抗日，
给他哭笑上西天。
黄河儿女知香桂，
倭寇投降八月砭①。

① 砭：从前用石针刺肌肤治病。这里指日寇染上侵略疯病，反法西斯人民给他们打了一针，促使其投降。

今日后岸

依山建阁显村容，
铁甲龙前溪水淙。
坑里金鱼随水上，
池头荷叶在兜风。
花村绿野飞天鸟，
犬吠鸡啼车子轰。
上海客人寻土味，
农家乐处笑声浓。

夜上琼台

夕阳西下琼台去，
国色天香走老翁。
万水淙淙空对月，
千枝历历动秋风。
游人喜上仙人座，
土著难忘桐柏松。
古寺钟声催短客，
回头再望一群峰。

今日乡村

处处乡村不设篱，
水田围剿稻黄时。
村边花柳有矜色，
流水云山无定姿。
秋色迷人游客至，
丰年乐趣共操持。
日斜谁在桥头坐，
一曲饧箫向月吹。

九九回归林览景有感

回归园里笑声迎，
人在林中鸟不惊。
登上山亭览风景，
坐观游客步轻盈。
花开叶茂蜂来采，
草绿成茵蝶走神。
还我青春多活力，
常来宝地效年轻。

梦频教坛

少年踪影走红尘，
回首教坛梦里频。
适到寒冬思改造，
每逢暑月整修人。
“文革”“老九”一身臭，
改革开放两桶金。
雨雨风风花草茂，
迎来今日满园春。

桐柏观瀑

高山碧水不知愁，
不怕粉身碎骨头。
日上东山红满地，
飞云横渡倚僧楼。
青天白雨清溪走，
山鸟穿林百丈沟。
粒粒珍珠溶入水，
叮当作响颂神州。

过抗日无名烈士墓地有感

绿树青山绕墓碑，
二方平地野菊围。
无名烈士千秋睡，
有识人群万百哀。
卫国保家眠草地，
不求名利谢魂飞。
当年抗日英雄气，
换取今天家国威。

踏青始丰

千亩麦田多放绿，
万山林立似围城。
四方游众始丰汇，
两岸桃花蝴蝶疼。
油菜金黄花美美，
梨花雪白客腾腾。
留春摄影自然景，
处处踏青传笑声。

过落雁公园

大雁无声白鹭飞，
红花绿柳映清溪。
亭台设计创新意，
楼阁信鸽飞向西。
远有人群晨锻炼，
近无犬吠任鸡啼。
市民品出民生味，
春色满园百草肥。

赏　秋

天高云淡始丰吟，
留点秋心四面寻。
一地风声如打乐，
八方伴奏动人心。
黄菊衰草似花毯，
老叶红橘逗市民。
如此风韵何醉酒，
及时赏景品枫林。

观残奥会

身残志不残，
万事均能干。
残奥赛台火，
风云变幻欢。
云天和雨露，
雏凤在腾翻。
多少危难鬼，
残人脚下戡。

自　喻

老来都爱静，
世事不关心。
只想天年乐，
何求建友林。
和风吹绿地，
流水似弹琴。
不管年龄大，
高歌颂母亲。

游牛头山

登上牛头山，
耄耋忘掉安。
东南渠水湛，
西北绿山连。
库水无流转，
游鱼也坦然。
冰清凉水里，
印上我同年。

晓　行

早上国清走，

凉风助我行。

东山红日醒，

残月影无形。

爬上五峰看，

山中七彩明。

满山晨练者，

铺地盖天生。

八月十五纪事

田间无鸟叫，
雷雨在天嚎。
追悼舟曲①魄，
愿你净土跑。
雨天凄惨惨，
花奠泪滔滔。
江上白龙啸，
情深涌爱潮。

① 舟曲：甘肃省一个少数民族县。2010年8月8日，舟曲发生特大泥石流灾害，造成1298人死亡，496人失踪。国务院决定将8月15日作为悼念舟曲在泥石流灾难中遇难者的日子，全国降半旗志哀。

逛公园

日上云无影，
人来鸟不惊。
园中随意走，
景色逗侬行。
我本教书客，
认桃识李丁。
退休光顾景，
处处见群英。

始丰水

昔日始丰水，
山洪溢满溪。
山头泥水沸，
山下苦难集。
今日石门堰，
水犹稻麦吃。
村民何怕水，
风雨梦依依。

始丰秋色

红日东山上，
晨光照水边。
秋风传下界，
草木似难言。
枫叶争鲜艳，
桂花也坦然。
始丰溪上鸟，
展翅上蓝天。

道上即景

北山公路走，
心里百无愁。
昔日樵夫道，
今天车子游。
两山多绿绿，
山鸟日啁啁。
登上塔头寺，
黄墙红叶楼。

晨

残月枝头挂，

晴空万里星。

北窗眠不醒，

南院已天明。

露重菊花浥，

烟消竹叶青。

风来倾两耳，

恰遇百鸡鸣。

登百丈

桐柏映天边，
琼台不见烟。
人从山口入，
游客似吞湮。
天地多神秀，
山峰绿水连。
我寻修道观，
高道在山巅。

过杨家山

楼高不见山，
别墅古阑干。
日日花开放，
时时鸟传言。
惠民生果子，
累累满枝连。
昔日坟山骨，
如今变乐园。

晚　步

我步山村路，
兴然乐自留。
虫声多老旧，
棚里菜珍馐。
麦绿头儿点，
路边野草幽。
村民车往返，
三五话丰收。

苏堤行

人在苏堤走，
游船水中摇。
桃花开口笑，
杨柳也娇娆。
绿绿青青草，
红红白白苞。
新来西子客，
一口赞堤桥。

观黄龙洞

登山留脚印，
琴语表忠心。
舞步一三五，
歌声尾尾音。
红灯眠绿树，
游客闹盈盈。
今日夕阳照，
洞前地镀金。

桂花园

林园有奇枝，
绿叶缀华滋。
处处扑鼻味，
人人瞪目时。
馨香衣袖满，
沐浴桂花池。
莫管幽香事，
林峰托月迟。

上华峰寺

登上半山巅，
如临到日边。
周边多翠树，
绿荫杂炊烟。
北向大同岭，
东南尽壑川。
寺中犹乐土，
窗外鸟蹁跹。

草　莓

山中一草莓，

匝地满身肥。

不怕寒冬冽，

花苞枝上待。

北风吹绿叶，

霜雪伴花开。

但等莓红日，

漫天山鸟飞。

农　家

蛇年春水足，
欢心住楼酷。
青妇自语福，
小孩不知苦。
山路汽车忙，
花园篱下绿。
今日你我邻，
似菊一花簇。

晚　眺

夕阳还策杖，
郊外望斜晖。
野绿花千色，
鸟飞夜一归。
南山风雨走，
瀑布满山飞。
寂静乡村路，
人无早掩扉。

题国清寺

隋代国清成，
至今多老龄。
塔巍今尚在，
梅古不年轻。
风雨上千载，
先僧数百茔。
径曲花木静，
钟磬也倾情。

看山人二首

【一】

山中一老人，
冬夏住山林。
月上留倩影，
日出听鸟吟。
每天山里转，
促木长新根。
人道看山鬼，
我言守护神。

【二】

山里万千松，
红枫夹在中。
漫山如碧海，
浪里数花红。
远处风云走，
近边一老翁。
开言林护慎，
刹那进山峰。

始丰溪

始丰流不尽，
碧水一溪清。
柳窈风催绿，
鸟飞人造林。
桃花三月最，
夏日百花迎。
两岸园林饬，
湖光彻夜明。

始丰溪畔书怀

独立始丰畔，
万千思绪流。
东桃西柳茂，
南柏北松修。
多少山河景，
功成令我羞。
一生无作为，
酷似白云游。

雾中见

云海雾山中，
山头不见峰。
茫然天日里，
难辨北西东。
眨眼太阳上，
不知雾去踪。
周边花木现，
一地映山红。

塔头寺南望

车到塔头停，

东南望赤城。

赭溪流水静，

南去有琴声。

不见国清寺，

唯闻钟鼓声。

膝前和合地，

百鸟任争鸣。

华顶山

林海因何动，

茫茫夕照风。

涧喧知一水，

寺古见千峰。

天上蛾眉月，

地头花外钟。

一时天色走，

山在白云中。

小乔诗集

古体诗

商奄吟

《商奄考》成书后感言。

江山一朝倾，
雉兔双双惊。
至今思亭林，
杖策莫北行。

野田黄雀行

寺院深深麦苗新，
黄雀飞来喜不禁。
可怜踟蹰门外伴，
失君伶仃又惊心。

无　题

遁入空门正道求，
不舍众生悲愿留。
记取道生当年恨，
恒河底沙日夜流。

未　悟

未悟窃喜水若酒，
圆成莫非空即色？
遥问诗人何处去，
兜率宫里对弥勒。

钱塘感夏兼为梁武帝言

三山两寺一日回，
踏岭寻峰南朝陪。
功德不在片言间，
酷夏千载清凉随。

自　嘲

晌午若与孟轲辩，
向晚必误先生餐。
凭你燕赵楚齐时，
不羡蛮古羡炊烟。

南山曲（孤调）

南山无人溪，
花开三年余。
花泥掊成瓷，
诗家吟诗嘘。

赠李艳

知交三两载，
契阔二十年。
且饮杯中物，
但遮女儿涟。
秋高思龙井，
日落忆海南。
留取雅各①耿，
人神共枕眠。

① 雅各：Jacob，《圣经》所记以色列的先祖。雅各以他顽强奋斗的一生，向后人证明了：个人坚韧、持久的努力，可以赢取上帝的祝福。

太姥山趣题

秀谷拙石迷人眼，
儿寻老父返径前。
父归脉脉忧山晚，
立久盈盈对我言：
“且看疾行黑发客，
便识亲爱小儿怜。”
悠悠落日终相见，
愕问儿郎曷鹤颜？

游武夷山感念

闽侯越王一家，
朱子柳七共享。
后生南壁叩响，
山高水远无恙？

今体诗

绝　句

海外留学

人非陌路人，
情是异乡情。
歌罢眼前曲，
还思旧院声。

学琴偶感

新僧叹古琴，
皮里入春秋。
岂是寻常业，
何妨款款修。

感　别

接闻观了赴美消息。

雨季逢折柳，
歌平渡已遥。
感君急切志，
隔岸忧断袍。

胆　瓶

聊寄一枝春，
还销万古愁。
蒙君知此意，
莫把断红丢。

曲院风荷

曲院湖边入夏深，
柳长蕉厚鸟殷勤。
西厢一曲无人会，
直惹风吹莲动心。

祭林逋

10月16日与佛学院艺术班僧众共访林逋故舍并祭扫于其墓前。

放鹤亭中思放鹤，
鹤飞舟动故人来。
先生本是绝尘质，
寒水秋菊荐我怀。

观　鏖

网闻安阳会议，论者称此次会议讨论激烈，因作是诗与同行谐趣。

自古南人罕①问鼎，
稀闻己氏待庄公。
蟹黄不是秋风故，
怯问中原柿已红？

① 罕：作平声读。

笑催明齐作诗

学僧半夜煮茶忙，
师傅辰中望漏慌。
玉露几时温我盏，
禅诗逸兴竞飞扬？

自　嘲

博士经生喧闹景，
痴顽规矩意难平。
人生不悟寻常事，
何必无心误有情。

观赵佶《听琴图》

晓来才谱花间曲，
暮去犹引松下桐。
纵使宫商角徵弄，
敢识帝与美成①同？

戏　秋

一入秋来满是愁，
不如弃卷换高游。
长空送碧层林醉，
笑待山僧抱句酬。

---

① 美成：周邦彦，字美成，钱塘人。宋徽宗时提举大晟府。美成“妙解声律”，“千里和词”，又“风流自命”时“贵人、学士、市侩、妓女，皆知其词为可爱”。

吊良渚古城

远堤本自鸥龟谋，
一傍苕溪一望宫。
未待英雄畅怀笑，
玉山浮到羽渊东。

自浙过东苕溪访吴城遗址

殷商心事与谁说？
塚塚丘丘燕雀托。
越稻畬田前日作，
过溪不遇忆《伐柯》。

杭州闹景

张伟、朱霙来杭,恰逢节日。西湖人头攒动,断桥几断。

老友南来念宋都,
桃花深处杏花犹。
可知今日孤山俏,
鹤子梅妻各自愁。

咏　父

斯文不愿终身隐,
余勇直赢半世惊。
岂必桃林放征马,
春秋矩墨故垂成?

记 2016 欧洲杯

端午时节欧冠来，
杨梅烂醉栀子①开。
凤凰山脚菖蒲美，
不动先生焐簟台。

谢三师（三首）

【赠叶翰先生（Hans van Ess）】

八卦田中论折桂，
凤凰山下笑行宫。
东来西往千秋景，
肯比文澜②一抹红？

① 子：轻声字，此处读平声。

② 文澜：杭州孤山文澜阁，清乾隆起入藏《四库全书》。

【赠贺东劢先生(Thomas O. Höllmann)】

贺兰山脚西来骥，
计在行囊智在嬉。
醪酒一杯戏千里，①
谁人不向此师揖！

【赠谢林德先生(Dennis Schilling)】

王谢家中尤物留，
五经六艺俱风流。
乡编难入清奇骨，
沧浪一声东海游。

① 贺东劢先生好饮，且有一说：中文“黄酒”，英文中不应翻作 rice wine，而应作 rice beer。

山之问

记杭城年前闹市。

谷暖峰闲未见亲，
河坊官巷撣年尘。
得非冬雪封儿径，
踏岗不成煮雪勤？

入秋即事

蝉抱疏桐叶半黄，
人关陋室画盈廊。
染秋纵使排闼至，
无改山峰青绿瓤。

五律与七律

与李太红游

回国后首遇昔日天津同事感喟。

君自津门渡，
鹤迎天竺①林。
上香求古道，
逐影绕吴音。
富贵浮云事，
功名隔夜淋。
本来居末地，
归雁落霞亲。

① 竺：作入声读。

浙艺六十年庆观后

嘉年甲子临，
半部百花歆。
惊梦游园啭，
蛮音振古今。
归莺念旧琴，
乳燕试新吟。
幕落宫商调，
余歌绕客心。

冬愁

杭昨雨今霾，明晚平安夜。

岁晚无颜色，
终风苦雨延。
余章忍新阕，
腊酒扫无眠。
雾锁钱塘在，
人愁断桥连。
可怜寻梅志，
挪作弄水仙。

游子归乡吟

离离原上草，

日长夜蹉跎。

不见来时路，

滂沱涕泪阿。

青梅识旧岗，

竹马锁新坡。

莫教俩相遇，

迟迟过北郭。

无　题

参加2016郑州考古大会后作。

河上英雄醉，
枇杷①浅浅绯。
激扬知己字，
敢与尊者违。
才喜西风渐，
犹惊南岭威。
无言江上雉，
仲夏归不归？

① 杷：作平声读。

2016 夏辞别德国亲友

洪荒下九州，
乞老落山阴。
不为子都故，
何来鸾凤吟？
横舟原可渡，
锦瑟也知音。
驻马长亭外，
挥诗祭旧痕。

虚竹噗音

只因生在江南地，
自负识得君子音。
一日忽逢弦外响，
心中忐忑不能矜。
初闻漫想篁抽笋，
再探犹疑筦裂林。
啄鸟捉虫空界业，
七贤也让俗士①吟。

① 俗士：啄木鸟捉虫，乃食肉俗士。

龙泉印象

大雪初晴下处州，
半寻遗俗①半沉钩。
雕龙砌凤无情剑，
越女商歌有恨丘。
几捧梅清问故愁，
一观冰裂悟今忧。
遥闻山鬼多顽性，
慢向残山讨绣楼。

① 俗：作入声读。

词

忆秦娥·高考

东风寂，
夏虫未起梧桐谧。
梧桐谧，
岁月如洗，
贡生如鲫。

出梅封侯青云志，
一朝榜放蝉长泣。
蝉长泣，
西园墙柳，
故交新觅？

苏幕遮

捣春时，
吴越地，
塘柳轻扬，
又是惹人季。
花抹斜阳街浸戏，
老曲浓腔，
潸然游子涕。

念往昔，
追旧岁，
一样长亭，
几处陪君醉。
今日楼高君自倚，
倦客归舟，
还是离人泪。

卜算子

读《梨洲先生神道碑文》至“公之归也，吴公棹三板船送之二十里外，呜咽涛中”，感甚，作是词以怀。

板棹送君归，
流水分双泪。
纵有排涛泣越绝，
难教君心退。

尝作式微吟，
还以明夷慰。
侧畔沉舟会有时，
莫忘先生诲。

西江月·初中同学会

木槿摧花夏至，
鸣蝉抱柳伏①来。
笙歌歇处扶醉归，
徒见江心月白。

犹记梅青影瘦，
怎依酒绿人肥。
晓来无绪上高台，
却又怅然再待。

① 伏：指伏天。

采桑子·悼宋徽宗

可怜北落冰绡杏，
不是寻常，
偏要寻常，
望尽天涯归路茫。

残红锁院西湖悔，
人若彷徨，
月也彷徨，
从此文家念断肠。

忆王孙·武林杏花

胭脂淡着忆王孙，
每寄春风和梦寻。
新砌王墙如故深，
众芳芬，
域外《燕山》①几个闻？

① 《燕山》：指宋徽宗的《燕山亭·北行见杏花》。

菩萨蛮·春趣

猫衔乳子墙头走，
屋中呆客思量久：
“春色满园姣，
缘何任性抛？”

“花开花自落，
芜草亲闲廓。
无故不逢人，
儿啼母怒奔。”

相见欢·六子之歌

浅黄换了嫣红，
太匆匆。
曾记梅郎情分六翻浓？

金镯照，
银缸笑，
凯风重。
唯愿君亲长伴水长东。

虞美人·戏子

梨花带泪罗衣怯，
腰袅官人谒。
人生常恨少知音，
寂寞孤台，
剩把素贞吟。

风华绝代无穷尽，
幕落春寒侵。
为君卸了女儿妆，
怨罢斜阳，
洗手作羹汤。

浣溪沙

2016杭城逢G20,4月初,秋水山庄青灰色的山门被刷成黄色,市民哗然,揶揄纷纷。几日后,文物部门妥协,复作青灰旧颜。

点点春山浅浅愁,
早樱簌簌杜鹃羞,
钱塘旧事几曾留?

转角海棠明媚影,
湖滨秋水淡浓仇,
扁舟争渡小瀛洲①。

① 小瀛洲:秋水山庄斜对着的西湖湖心岛,今已半没于水,久无人居。

蝶恋花

写于先生 Dr. Thomas Honold 54 岁生日。

雨打梧桐春半已，
含笑①喷香，
又是蔷薇季。
公子归来卿有礼，
秋千荡到东坡嚏。

曾记梯乌②初见际，
踏遍秋山，
剩把春光许。
许了春光赊夜雨，
多情总被无情戏。

---

① 含笑：花名，4 月时香气四溢。

② 梯乌：TUM（德国慕尼黑理工大学缩写）的中译名。

蝶恋花·为师浙艺

昨日楼高未言累，
越韵荆腔，
数尽天涯泪。
微信频传君意美，
榴花开处惜音匪①。

衣带渐宽终有悔，
入夜难眠，
骤雨敲窗碎。
休待明来扁舟慰，
近风扇出柳荫醉。

① 匪："非"也。

如梦令·再访良渚

前日桃源重渡，
不见良田平素。
惊问武陵人，
却道桃花如故。
如故，
如故，
只是陶潜无数。

忆江南

写给天台在修的巨无霸停车场。

江南好，
顷刻到山巅。
水阔人肥车满库，
峦削谷踏寺无眠，
涕泪忆江南。

如梦令·安居僧

此季，余逢周四与法云地学僧一起上堂晚祷：学僧们平素娴静如水，此时却气贯长虹。余感触颇深，故作是词戏笑之。

莫道歌平词软，
因是安居僧懒。
深院锁榴花，
犹恐午莺流啭。
休怨，
休怨，
晚祷池蛙齐唤！

青玉案·腊梅

一年回顾来时路，
但惊诧江南雾，
觅觅寻寻无处渡。
冻梅藏韵、敛箫耕土，
又恐佳人误。

眼前若是经停处，
何必生枝累无数？
为赋新词天也许：
晴出元旦、鹅黄新吐，
究竟春来护。

跋家

天台县街头有百户左右的口坑村，住着一位朴实的农民，他就是徐治昌。治昌父母早逝，留下三间二层楼房，四亩光景的田地。父母在世时娶一陆氏为妻，民国初年添了一宝贝儿子。三口之家，男耕女织，生活平静。每当夏令，治昌总托着饭碗，坐在门前樟树下，边吃，边聊天，边纳凉。樟树荫下，除石鼓外，还有砖块、乱石，不规则地排着。坐的多是男人，女人顶多转了转。口坑村人老习惯，每年立夏后，凡有点好东西吃，男哥们都端来樟树下，好似显显威风，抖抖精神。一天，治昌一手捧着二口碗，大碗是饭，小碗是菜，转了转没处落座，就蹲在达二旁。人们都是一饭一菜，只有达二还有一壶酒。治昌装得十分认真地说："达二兄，吃醉去见大脚娘子！""不醉，敢碰大脚娘子！"宜兴补上一句，达二瞟了一眼治昌与宜兴，喝了一口酒，似戏台上演员慢条斯理地答，或者说唱："我娘子脚大，心胸大，敬夫如敬爷，不信请问我的大脚娘！"说得大家笑得前仰后扑。治昌"噗"地喷出一地饭，站起风趣地说："我的脚大，你的脚大，达二嫂的脚大。""这样说来，"宜兴接着治昌的话尾，做了个鬼脸说，"说谁不男不女，不雌不雄？"治昌的话引起大伙思考，宜兴的问句换来一阵哄笑。樟树下男人们笑成一团时，达二夫人好似孙悟空的千钧棒插在人群中。笑声没有了，吃饭也停止了，僵局持续几分钟。"妈妈！"达二儿子小红来了，男人们好似睡梦中初醒。达二走了，宜兴走了，樟树下空荡荡的，达二夫人拉着小红回了家。治昌站起，没趣地摇摇头，为达二娶了这么个大脚娘惋惜，为自己有个三寸金莲的婆子而高兴。

治昌台门跨进，见陆氏在凳上东摇西摆，险些跌下来，幸治昌眼疾手快，抱着陆氏下凳。一场虚惊过去，治昌的思想泛起另一情景：大脚娘上凳定能稳妥、自由。进了卧室，治昌又欣赏起三寸金莲，乐滋滋地睡着了。

甜蜜平凡的农家生活持续不几年，儿子五岁时，为儿子生日操劳的陆氏，下楼时突然撞上一只大雄猫。猫儿“妙妙”地叫，陆氏像无根之树倒下了，跌得一病不起，永别了治昌。

治昌与儿子相依为命，懒得里外不想干，庄稼收少了，烟囱也不是餐餐冒烟。几个月下来，治昌起不了床，儿子面黄肌瘦，他俩的眼泪代替了往日的笑声。严冬，枯萎的樟树叶在北风呼啸中，不时地飘向庭院，活像在为陆氏撒纸钞。往日，陆氏及时收捡，今天无人问津。败落的庭院，让治昌心里更加酸溜溜。

一天，达二婆子、大脚娘上了治昌门，开口就是要为他续妻，并自我解释地说：“我说的这个人就是我堂姐五香，也有一双大脚。”治昌斜视一下达二婆的脚，一言不发。大脚娘说话如断柴，两刀三段地说：“愿意，我去说。不同意，拉倒！”说完“噔噔”出了大门。

治昌听了大脚娘一番话，续弦的心思热起来，想起大脚娘介绍大脚婆，心又冷了。

数十年来，口坑村樟树下纳凉的只有男人，女人走走可以，坐下是不行的。自从大脚娘进村的第二年，她不管什么老规矩，摇着芭蕉扇在达二旁坐下，与男人聊天。村人议论纷纷，大脚娘不以为然，夜夜去，经常说，男人怎么样，女人怎么样，会劳动的都是好样。男女杂坐，人们开始不顺眼，久而久之，习以为常。治昌目睹门前树脚下纳凉人的变化，对大脚娘的看法有所转变。一天晚上，达二俩乘凉来了，治昌特邀他俩进屋，递老烟，送开水，好热情。大脚娘眼尖、心灵、性直，她喝了一口水，左腿叠到右腿上，翘起大脚摇了摇说："治昌哥，看我脚大有什么不好？"治昌微微一笑，达二补上说："脚大站得稳，走得快，我喜欢！"逗得大脚娘嘴上骂达二，心里更爱达二。治昌看他夫妻俩恩爱，吐出了真言："达二嫂，上次你说那五香，我不在乎她脚大。"大脚娘向达二努了努嘴，达二扇子在膝前一拉说："请我娘子说吧！"大脚娘只好实实在在地介绍起五香的往事。

大脚婆即五香，年幼时就跟着父亲做小生意。十七岁那年嫁给山里一个教书的先生。结婚五年没有子女。第六年开春，丈夫暴病而死，五香哭得死去活来，决意留下操持家业，赡养婆婆。几年来，孤单女子，上市卖千张，销豆腐，赚了不少钞，日子比丈夫在世时还好过。她婆婆是个开通人，三番五次劝其改嫁，说她年轻，说她勤劳，以后走的路长，别为了一个老人，苦度一生。开始，五香不理婆婆，说多了，说久了，五香不反对，也不赞成，间或笑了笑。为了五香，她婆婆托大脚娘牵红线。

“治昌，现在你不在乎她脚大，不知五香在乎不在乎你脚小？”治昌看了看自己的双脚，不解地求情地说：“嫂子别开玩笑，能为我治昌家开门上锁就心满意足了。”

“昔日如此，早已进门！”

“是呀，是我不好，嫂子别怪。”治昌音落，达二说：“治昌，我俩同一株樟树下玩大的，怎不帮忙？我娘子是爽快人，五香又是她姐姐，一说定行！”

“这不一定，五香若被人捧走了，我怎办？”大脚娘将了达二一军。达二与治昌相对不语，还是大脚娘唱下台词：“明天我去娘家，再与治昌哥通气。”一拉达二：“乘凉去，间里闷煞人。”他俩又去樟树下闲谈今年夏天比往年夏天热等废话。

翌年，治昌与五香结了婚。婚后，五香除了家务外，还是卖豆腐，卖千张。市日街上卖，空日挨村卖，生意十分兴隆。治昌市日为米行主人，空日干农活，收入也不少。他俩天天如此，年年一样，不几年成为口坑村富户之一。买田地，造新宅，为十五岁的儿子定了亲，像海水一样潮潮上涨。

又是一个夏天的一晚，樟树下坐满了人，达二夫妇来了，插不上座，治昌搬出二把高椅、一张小圆桌，接着又送出两条方凳。达二东边坐，大脚娘南面坐，治昌西边坐，五香端出花生，治昌的儿子小言送出一坛老酒。小方与小红走了，五香也上座。席间，五香请在场的都来喝口酒，剥点花生。樟树下闹盈盈，有说有笑。大脚娘与大脚婆在大庭广众前也喝起酒，摇着小腿。达二嬉皮笑脸地说:“娘子吃!”治昌说:“大家吃。”戏闹形成高潮。人们的视线一直盯住两双女大脚，不知是耻笑，还是羡慕!

五香过治昌家也有十来年了，不见生养。治昌不计较，五香也不自卑。小言是个怪孝顺的，娘的话如圣旨。五香待他也无微不至，但要他一起干农活。十七岁那年，小言结了婚，娶了一个不白不黑、不胖不瘦的邻村的木匠女儿，名叫杏子。钞花了不少，筵席也办得实实在在，亲朋好友满意，叔伯兄弟跷起大拇指夸大脚婆了不起。

大脚婆常年穿的是青色大襟衣，蓝色大脚裤，脑后的发髻大大的，与脑袋瓜配对，一大一小比较自然，粗黑的脸蛋上配置的五官和谐，四肢壮而长，眼光尖而亮，生意经通，亏本永远没她的份。人们背地里称她为女强人，称达二娘为女“保长”。

富了，治昌不想干米行主人，也要停止五香豆腐业生意。五香与治昌吵了一场，说治昌要她命："手脚生来就是干活的，停了业不就是没了命吗？"这一新闻传出，人们又说她是生来劳碌命。真的，五香从早到晚不是烧猪水、做饭，就是一个磨豆腐，不是出门叫卖，就是纳鞋底，忙里忙外没个空。一年夏天，她在街头市集卖千张，生意格外红火，管不住自己在烈日下干这干那。她作痧了，挺着干，昏倒了，手里还拿着柴火，凶狠的病魔，夺去了她的生命。

五香一去不返，治昌生了一场大病。病后整天吃酒消愁，闷在家里。樟树下没了治昌的人影。大脚娘过来劝："出去走动走动，老闷着又要发病的。"达二说："别难受，五香的死也是命里注定的。"邻居都来开导，却动不了治昌铁了的心肠。

一年后，姑妈说动了治昌，讨来了一个挺清秀的，名叫小姑。

小姑爱打扮，善交际，一天到晚不是梳发就是搽面，不是照镜子，就是试新衣。她有几分姿色，被县里一警官看中，玩了她，抛了她，此后，她放倒旗杆干，广交朋友，攒了好些钞，臭名也远近有名，三十岁还没正式结过婚。三十一岁那年，她狠了心，嫁给一个生得像猪八戒模样的铁牛。铁牛人品丑,家底富。铁牛管不了小姑,也不敢管小姑。小姑当初与铁牛成对时,决心改邪归正,做个好老婆。不知怎么,一看到铁牛,决心即化灰烬,熬不完半年,表叔、表兄整天藏,大篮小篮到处送,眼里没有铁牛,心里没有公婆。不几年,家境潦倒,公婆去世,铁牛自缢,小姑带着家产来到治昌家。

治昌了解小姑的前前后后,却敌不住小姑千改正万收心,要与治昌过平静的夫妻生活。治昌过不了美人关,娶进小姑,日夜提防。小姑的野性改了,陪着治昌整天闷在家里,即使夏天,门前的樟树下也不转不坐。久而久之,小姑习惯了,治昌放心了。有时,治昌出远门,继团、继囡相继登门。治昌听到风声,小姑理直气壮地说:"做继娘的,怎能不见继儿?"又说:"人来客往,礼尚往来是人之常情。"说得治昌无言以对。小姑自语:"我小姑过去不正,总没有背叛你治昌。"治昌多方了解,没发现小姑不规矩的蛛丝马迹,就让小姑与继团、继囡进进出出。想不到,小姑花钞如流水,继团吃,继囡拿,自己花,坐吃山空,家境一年不如一年。

小言是个聪明能干的人,父母之事他不管,夫妻俩尽是勤勤恳恳。想不到杏子生了孩子,孩子数天即死,至今尚无一人传后，再加上媳妇看到婆婆花银如流水，担心日后日子困难，背地里说了几句。想不到，风声传到小姑耳里，小姑是情场老手，慢慢地将小言拉到自己身边，以传后作为口实，让小言纳了妾。自此，两个媳妇叮当响，诅咒、打架，一家不得安宁。小姑治了杏子，治昌、小言蒙在鼓里。

过不上三年，小言病逝了，媳妇出走了，小姑不知去向，好端端的富家，剩下治昌一个孤老头。他吃了上餐没下餐，额上皱纹加宽加深了。这年夏天，治昌穿着补丁摞补丁的一件中式白对襟，手里拿着一把比济公的破芭蕉还破的扇子，坐在门口樟树下，一言不发，活像一尊泥塑或木雕。

齐昌宽

谨以此父亲的旧文作为本诗集的跋，以记念我们的家乡——浙江省天台县街头镇坑口村。父亲与我均生于斯，父亲并长于斯。

齐韶花

2016 年 7 月 5 日星期二于杭州